TRANZLATY

Sprache ist für alle da

Język jest dla każdego

Die Verwandlung
Przemiana

Franz Kafka

Deutsch
Polsku

www.tranzlaty.com

Teil Eins

Gregor Samsa erwachte eines Morgens aus unruhigen Träumen.

Gregor Samsa obudził się pewnego ranka po niespokojnych snach.

Er befand sich in seinem Bett, konnte sich aber nicht bewegen.

Znalazł się w łóżku, ale nie mógł się ruszyć.

Er war in ein monströses Ungeziefer verwandelt worden.

Zmienił się w potwornego robaka.

Er lag auf dem Rücken, der sich hart wie eine Rüstung anfühlte.

Leżał na plecach, które były twarde jak zbroja.

Indem er den Kopf ein wenig hob, konnte er seinen Bauch sehen.

Podnosząc nieco głowę, mógł zobaczyć swój brzuch.

Sein Bauch aber war gewölbt und in Segmente unterteilt.

Ale jego brzuch był wypukły i podzielony na segmenty.

Die Decke lag auf seinem runden Bauch.

Koc spoczywał na jego zaokrąglonym brzuchu.

Die Decke war jedoch kurz davor, ganz herunterzurutschen.

Jednak koc był bliski całkowitego zsunięcia się.

Seine Beine wirkten im Vergleich zu ihrer üblichen Größe jämmerlich.

Jego nogi wyglądały żałośnie w porównaniu do ich normalnych rozmiarów.

Und seine vielen Beine flackerten hilflos vor seinen Augen.

A jego liczne nogi bezradnie poruszały się przed jego oczami.

„Was ist nur mit mir geschehen?", dachte er bei sich.

„Co się ze mną stało?" – pomyślał.

Aber es war kein Traum, aus dem er nicht erwachen konnte.

Ale to nie był sen, z którego nie mógłby się obudzić.

Es war tatsächlich sein eigenes Zimmer, in dem er sich wiederfand.

To był naprawdę jego własny pokój.

Ein richtiges Zimmer für Menschen, aber leider etwas zu klein.
Prawdziwy pokój dla ludzi, ale odrobinę za mały.
Er lag still zwischen den vier bekannten Mauern.
Leżał spokojnie pomiędzy czterema znanymi mu ścianami.
Auf dem Tisch befand sich eine Sammlung von Textilmustern.
Na stole znajdowała się kolekcja próbek tekstyliów.
Samsa war Handelsreisender, daher die Muster.
Samsa był komiwojażerem, stąd próbki.
Über den auseinandergenommenen Textilproben hing ein Bild.
Nad rozmontowanymi próbkami tekstyliów znajdowało się zdjęcie.
Er hatte das Bild erst vor Kurzem aus einer Zeitschrift ausgeschnitten.
Niedawno wyciął zdjęcie z magazynu.
Er hatte das Bild in einen hübschen, vergoldeten Rahmen gefasst.
Umieścił obraz w ładnej, złoconej ramie.
Das gerahmte Bild zeigte eine aufrecht sitzende Dame.
Oprawione zdjęcie przedstawiało siedzącą kobietę.
Sie trug eine Pelzmütze und hatte einen Pelzmuff.
Miała na sobie futrzaną czapkę i futrzaną mufkę.
Sie hob ihre Hand in Richtung des Betrachters des Bildes.
Podniosła rękę w kierunku oglądającego obraz.
Ihr ganzer Unterarm verschwand in ihrem schweren Pelzmuff.
Całe jej przedramię zniknęło w ciężkim, futrzanym kapturze.
Gregor blickte aus dem Fenster auf das trübe Wetter.
Gregor spojrzał przez okno na pochmurną pogodę.
Man konnte hören, wie schwere Regentropfen gegen das Fenster prasselten.
Słychać było, jak ciężkie krople deszczu uderzają w okno.
Das graue Wetter stimmte ihn sehr melancholisch.
Szara pogoda wprawiała go w stan melancholii.

„Wie wäre es, wenn ich noch ein bisschen länger schlafe?", dachte er.

„A może pospię trochę dłużej?" – pomyślał.

"Mehr Schlaf könnte mir helfen, diesen Unsinn zu vergessen."

„Więcej snu mogłoby pomóc mi zapomnieć o tych bzdurach".

Länger zu schlafen war jedoch völlig unmöglich.

Jednak dalsze spanie było całkowicie niemożliwe.

Weil er es gewohnt war, auf seiner rechten Seite zu schlafen.

Ponieważ był przyzwyczajony do spania na prawym boku.

Sein aktueller Zustand schränkte jedoch seine üblichen Bewegungsfreiheiten ein.

Jednak jego obecny stan uniemożliwiał mu normalne poruszanie się.

Er hatte keine Möglichkeit, in diese Lage zu gelangen.

Nie miał możliwości znalezienia się w tej sytuacji.

Er versuchte sein Bestes, sich auf die rechte Seite zu werfen.

Próbował jak mógł przewrócić się na prawy bok.

Er hat diese Bewegung wahrscheinlich hundertmal versucht.

Prawdopodobnie próbował wykonać ten ruch setki razy.

Aber er kippte immer wieder in die Rückenlage zurück.

Jednak on za każdym razem wracał do pozycji leżącej.

Er schloss die Augen, um seine unruhigen Beine nicht sehen zu müssen.

Zamknął oczy, żeby nie widzieć jego niespokojnych nóg.

Am Ende hinderten ihn seine Schmerzen daran, es noch einmal zu versuchen.

W końcu ból powstrzymał go od dalszych prób.

Ein dumpfer Schmerz in der Seite, den er noch nie zuvor gespürt hatte.

Tępy ból w boku, jakiego nigdy wcześniej nie czuł.

„Oh Gott", dachte Gregor Samsa verzweifelt bei sich.

„O Boże" – pomyślał zrozpaczony Gregor Samsa.

"Was für einen anstrengenden Beruf ich mir da doch ausgesucht habe!"

„Jakiż wyczerpujący zawód sobie wybrałem!"

„Ich muss beruflich Tag für Tag reisen."

„Dzień w dzień muszę podróżować w związku z pracą".
„Büroarbeit ist viel einfacher als die Arbeit unterwegs."
„Praca biurowa jest o wiele łatwiejsza niż praca w trasie".
„Und ich habe den Fluch, ständig reisen zu müssen."
„A ja mam przekleństwo konieczności ciągłego
podróżowania".
„Die ganze Sorge, die Züge nicht rechtzeitig zu verpassen."
„Wszystkie te zmartwienia, żeby zdążyć na pociąg."
**„Meine Mahlzeiten sind unregelmäßig und das Essen ist
schlecht."**
„Moje posiłki są nieregularne, a jedzenie jest kiepskie".
**„Meine Freunde wechseln ständig, je nachdem, wo ich
hinziehe."**
„Moi przyjaciele ciągle zmieniają miasto."
„Meine Interaktionen sind kühl und professionell."
„Moje interakcje są chłodne i profesjonalne".
**„Sollen sich doch die Teufel mit solchen Arbeiten
vergnügen!"**
"Niech diabeł bawi się taką robotą!"
**Er verspürte ein leichtes Jucken im oberen Bereich seines
Bauches.**
Poczuł lekkie swędzenie w górnej części brzucha.
Er stemmte sich mit dem Rücken gegen den Bettpfosten.
Oparł się plecami o słupek łóżka.
Er wollte seinen Kopf besser heben können.
Chciał móc lepiej podnosić głowę.
Er fand die juckende Stelle, die ihn plagte.
Znalazł swędzące miejsce, które go drażniło.
**Sein Kopf schien mit kleinen weißen Punkten bedeckt zu
sein.**
Wydawało się, że jego głowa jest pokryta małymi, białymi
kropkami.
**Was diese kleinen weißen Punkte waren, konnte er nicht
sagen.**
Nie potrafił powiedzieć, czym są te małe, białe kropki.
**Er hatte geplant, die Stelle mit einem seiner Beine zu
berühren.**

Zamierzał dotknąć tego miejsca jedną ze swoich nóg.

Doch als er die Stelle berührte, verspürte er ein seltsames Frösteln.

Jednak gdy dotknął tego miejsca, poczuł dziwny chłód.

Daraufhin zog er sein Bein sofort von der Stelle weg.

Więc natychmiast cofnął nogę z tego miejsca.

Ihm blieb nichts anderes übrig, als das Jucken zu ertragen.

Nie miał innego wyboru, jak tylko zaakceptować swędzenie.

Und er kehrte in seine vorherige Position im Bett zurück.

I wrócił do swojej poprzedniej pozycji w łóżku.

„Wer so früh aufwacht, wird echt ziemlich dumm."

„Wstawanie tak wcześnie naprawdę czyni człowieka głupim".

„Ein Mann braucht genug Schlaf", dachte er sich.

„Człowiek musi się wyspać" – pomyślał.

„Die anderen Handelsreisenden leben in Luxus."

„Inni komiwojażerowie żyją w luksusie".

„Morgens übermittle ich die erhaltenen Bestellungen."

„Rano przekazuję otrzymane zamówienia."

„Währenddessen frühstücken die Herren noch."

„Tymczasem panowie wciąż jedzą śniadanie."

„Stellen Sie sich nur vor, ich würde das bei meinem Chef versuchen."

„Wyobraź sobie, co by było, gdybym spróbował zrobić to samo ze swoim szefem".

„Er würde mich feuern, bevor ich mit dem Frühstück fertig bin."

„Zwalniał mnie, zanim skończyłem śniadanie".

„Aber vielleicht wäre das auch nicht das Schlimmste."

„Ale to też nie byłoby najgorsze".

„Das Problem ist, dass meine Eltern mich zurückhalten."

„Problem polega na tym, że moi rodzice mnie powstrzymują".

„Ohne sie hätte ich schon längst gekündigt."

„Gdyby nie oni, już bym zrezygnował".

„Ich hätte mich dem Chef entgegengestellt und es ihm gesagt."

„Postawiłbym się szefowi i powiedziałbym mu."

„Ich würde genau sagen, was ich von ihm und der Stelle halte."

„Powiedziałbym dokładnie, co myślę o nim i tej pracy".

„Er würde vom Schreibtisch fallen, wenn ich ihm alles erzählen würde!"

"Spadłby z biurka, gdybym mu wszystko powiedział!"

„Es ist sehr seltsam, wie er an seinem Schreibtisch sitzt."

„Bardzo dziwny jest sposób, w jaki on siedzi przy biurku".

„Seine Art, mit seinen Untergebenen zu sprechen, ist nicht in Ordnung."

„Sposób, w jaki rozmawia ze swoimi podwładnymi, jest niewłaściwy".

„Und das Schlimmste ist, dass sein Gehör so schlecht ist."

„A najgorsze jest to, że ma bardzo słaby słuch".

„Sie haben also keine andere Wahl, als ganz nah bei ihm zu sitzen."

„Więc nie masz innego wyboru, jak usiąść bardzo blisko niego."

„Aber trotz allem ist die Hoffnung noch nicht völlig verloren."

„Mimo wszystko nadzieja nie jest jeszcze całkowicie stracona".

„Ich werde das Geld sparen, um die Schulden meiner Eltern zu begleichen."

„Zaoszczędzę pieniądze, żeby spłacić dług moich rodziców".

„Ich kann nichts tun, solange sie ihm noch Geld schulden."

„Nie mogę nic zrobić, dopóki są mu winni pieniądze".

„Aber wenn die Schulden beglichen sind, werde ich es auf jeden Fall tun."

„Ale kiedy dług zostanie spłacony, na pewno to zrobię".

„Es wird wahrscheinlich noch fünf bis sechs Jahre dauern."

„Prawdopodobnie zajmie to kolejne pięć, sześć lat".

"Ja, dann wird die große Trennung definitiv erfolgen."

„Tak, wtedy na pewno nastąpi wielkie rozstanie".

„Fürs Erste muss ich jedoch aufstehen."

„Na razie jednak muszę wstać z łóżka".

„Weil mein Zug um fünf Uhr abfährt."

„Ponieważ mój pociąg odjeżdża o piątej."
Gregor blickte auf den tickenden Wecker auf dem Tisch.
Gregor spojrzał na tykający budzik na stole.
"Himmlischer Vater!", dachte er, als er die Uhrzeit sah.
„Ojcze Niebieski!" – pomyślał patrząc na godzinę.
Halb sieben war schon still und leise vergangen.
Godzina szósta trzydzieści już spokojnie minęła.
Und die Zeiger der Uhr bewegten sich immer weiter vorwärts.
A wskazówki zegara wciąż poruszały się do przodu.
Es war nun fast Viertel vor sieben.
A teraz zbliżała się godzina 19:45.
"Vielleicht hat der Wecker nicht geklingelt, um mich zu wecken?", dachte er.
„Może budzik nie zadzwonił, żeby mnie obudzić?" – pomyślał.
Von seinem Bett aus inspizierte Gregor den Wecker.
Gregor leżąc w łóżku przyglądał się budzikowi.
Der Wecker war korrekt auf vier Uhr eingestellt.
Budzik był prawidłowo nastawiony na godzinę czwartą.
Er konnte es sich nicht erklären, aber der Alarm musste losgegangen sein.
Nie potrafił tego wyjaśnić, ale alarm musiał zadzwonić.
"Wie konnte ich den Wecker verschlafen, ohne es zu merken?"
„Jak mogłem przespać alarm, nie wiedząc o tym?"
Wenn der Alarm losgeht, wackeln sogar die Möbel.
Gdy zadzwoni alarm, nawet meble się trzęsą.
Er wusste, dass sein Schlaf alles andere als ruhig gewesen war.
Wiedział, że jego sen wcale nie był spokojny.
Aber vielleicht war das der Grund, warum sein Schlaf so viel tiefer war.
Ale może właśnie dlatego jego sen był o wiele głębszy.
Er musste darüber nachdenken, was er nun tun sollte.
Musiał zastanowić się, co powinien teraz zrobić.
Der nächste Zug fuhr erst um sieben Uhr ab.

Następny pociąg odjechał dopiero o godzinie siódmej.
Diesen Zug zu erreichen, wäre nahezu unmöglich.
Złapanie tego pociągu byłoby prawie niemożliwe.
Und die benötigten Textilien hatte er noch nicht eingepackt.
A nie spakował jeszcze potrzebnych mu tekstyliów.
Er fühlte sich auch nicht besonders frisch und agil.
Nie czuł się szczególnie świeży i zwinny.
Vielleicht bestand die Möglichkeit, in den Zug einzusteigen.
Być może była szansa na dostanie się do pociągu.
Doch ein Tadel vom Chef war so oder so unvermeidlich.
Ale w obu przypadkach reprymenda ze strony szefa była
nieunikniona.
Der Angestellte wäre in den Fünf-Uhr-Zug eingestiegen.
Urzędnik wsiadł do pociągu o piątej.
**Der Büroangestellte war ein willensschwaches Werkzeug
des Chefs.**
Urzędnik był pozbawionym kręgosłupa stworzeniem szefa.
Gregors Abwesenheit wäre also bereits gemeldet worden.
Nieobecność Gregora zostałaby więc już zgłoszona.
„Was wäre, wenn ich mich krankmelde?", überlegte Gregor.
„A co jeśli zadzwonię i powiem, że jestem chory?" zastanawiał
się Gregor.
Das wäre aber äußerst peinlich und verdächtig.
Ale byłoby to niezwykle żenujące i podejrzane.
**Gregor war in der gesamten Zeit, die er dort arbeitete, nie
krank gewesen.**
Gregor nigdy nie chorował przez cały czas swojej pracy.
Und er hatte ihnen bereits fünf Jahre Dienst geleistet.
A on już poświęcił im pięć lat służby.
**Die Chancen standen gut, dass der Chef vorbeikommen
würde, um nach ihm zu sehen.**
Istniało prawdopodobieństwo, że szef przyjdzie go sprawdzić.
**Er würde wahrscheinlich den Arzt der Krankenversicherung
mitbringen.**
Prawdopodobnie zabrałby ze sobą lekarza ubezpieczyciela
zdrowotnego.

**Und er würde die Eltern für ihren faulen Sohn
verantwortlich machen.**
A winą za leniwego syna obarczał rodziców.
Sie könnten gegen ihn keine Einwände erheben.
Nie mogliby wnieść wobec niego żadnych zastrzeżeń.
Denn für ihn gab es nur zwei Arten von Arbeitern.
Ponieważ dla niego istniały tylko dwa rodzaje pracowników.
Entweder waren die Arbeiter kerngesund oder arbeitsscheu.
Pracownicy byli albo całkowicie zdrowi, albo unikali pracy.
**Und läge er mit dieser grundlegenden Analyse überhaupt
falsch?**
Czy w ogóle mógłby się pomylić w tej podstawowej analizie?
In diesem Fall hatte er sicherlich ein starkes Argument.
Na pewno w tym przypadku miał mocny argument.
**Trotz seines Aussehens fühlte sich Gregor tatsächlich recht
wohl.**
Pomimo swojego wyglądu Gregor czuł się całkiem dobrze.
Der unnötig lange Schlaf hatte ihn etwas schläfrig gemacht.
Niepotrzebnie długi sen sprawił, że poczuł się nieco senny.
**Abgesehen davon konnte er sich aber über keine Krankheit
beklagen.**
Ale poza tym nie mógł narzekać na chorobę.
**Er verspürte sogar einen besonders starken und gesunden
Hunger.**
Poczuł nawet wyjątkowo silny i zdrowy głód.
**Während er diesen Gedanken nachging, schlug die Uhr
erneut.**
Podczas gdy rozmyślał nad tymi sprawami, zegar znów wybił
godzinę.
Laut Alarm war es jetzt Viertel vor sieben.
Według alarmu była teraz godzina 19:45.
Und nun klopfte es auch leise an der Tür.
I w tej chwili ktoś delikatnie zapukał do drzwi.
„Gregor", rief ihm jemand zu – es war die Mutter.
„Gregor" – ktoś zawołał do niego – była to matka.
„Es ist Viertel vor sieben", bestätigte sie den Alarm.
„Jest za kwadrans siódma" – potwierdziła alarm.

"Wolltest du nicht gehen?", fragte die sanfte Stimme.

„Nie chciałeś wyjść?" zapytał łagodny głos.

Gregor erschrak, als er seine eigene Stimme antworten hörte.

Gregor przestraszył się, gdy usłyszał jego głos.

Es war immer noch dieselbe Stimme, die er schon immer hatte.

Głos pozostał tym samym głosem, który zawsze miał.

Doch nun mischte sich ein neuer Klang in seine Stimme.

Ale teraz w jego głosie pojawił się nowy dźwięk.

Tief aus seinem Inneren entfuhr ihm auch ein schmerzhafter Schrei.

Z głębi jego wnętrza wydobył się także bolesny pisk.

Zunächst schien seine Stimme die Worte klar zu formen.

Na początku zdawało się, że jego głos wyraźnie układa słowa.

Doch dann hörte Gregor das Echo seiner Stimme in seinem Kopf.

Ale potem Gregor usłyszał w myślach echo swojego głosu.

Die Aufnahme seiner Stimme ist auf seltsame Weise zerbrochen.

Nagranie jego głosu uległo dziwnemu zakłóceniu.

Und er war sich nicht sicher, ob er richtig gehört hatte.

I nie był pewien, czy dobrze usłyszał.

Gregor verspürte den starken Wunsch, eine ausführliche Antwort zu geben.

Gregor poczuł głęboką potrzebę udzielenia szczegółowej odpowiedzi.

Er wollte seiner Mutter alles genau erklären.

Chciał wszystko jasno wytłumaczyć swojej matce.

Doch angesichts der Umstände musste er sich einschränken.

Jednak biorąc pod uwagę okoliczności, musiał się ograniczyć.

Und er antwortete viel kürzer, als er es gern getan hätte.

Odpowiedział o wiele krócej, niż by chciał.

"Ja, Mutter, keine Sorge, danke, ich bin schon wach."

„Tak mamo, nie martw się, dziękuję, już wstałem."

Die Holztür trug vermutlich dazu bei, seine Stimme zu dämpfen.

Drewniane drzwi prawdopodobnie przyczyniły się do
stłumienia jego głosu.
**Draußen blieb die Veränderung in Gregors Stimme
unbemerkt.**
Zmiana w głosie Gregora pozostała niezauważona.
Die Mutter schien mit seiner Erklärung zufrieden zu sein.
Matka zdawała się być usatysfakcjonowana jego
wyjaśnieniami.
Und sie ging genauso leise wieder, wie sie gekommen war.
I odeszła równie cicho, jak przyszła.
Doch das kurze Gespräch hatte eine unerwünschte Folge.
Jednak ta krótka pogawędka miała niepożądany efekt.
**Er erregte die Aufmerksamkeit der anderen
Familienmitglieder.**
Zwrócił na siebie uwagę pozostałych członków rodziny.
Gregor war noch zu Hause und nicht zur Arbeit gegangen.
Gregor nadal był w domu i nie poszedł do pracy.
Und nun klopfte auch der Vater an die Seitentür.
A teraz ojciec zapukał także do bocznych drzwi.
Er klopfte schwach, aber entschlossen mit der Faust.
Zapukał słabo, ale zdecydowanie pięścią.
„Gregor, Gregor", rief er, „was ist das Problem?"
„Gregor, Gregor" – zawołał – „co się stało?"
**Nach einer Weile warnte er erneut, diesmal mit tieferer
Stimme.**
Po chwili ostrzegł ponownie głębszym głosem.
Doch nun klopfte die Schwester an die andere Tür.
Ale do drugich drzwi zapukała siostra.
"Gregor? Geht es dir nicht gut?", fragte sie leise.
„Gregor? Źle się czujesz?" zapytała cicho.
„Brauchen Sie irgendetwas?", fragte sie besorgt.
„Czy czegoś potrzebujesz?" – zapytała zaniepokojona.
Gregor antwortete beiden Seiten: „Ich bin schon fertig."
Gregor odpowiedział obu stronom: „Już skończyłem".
**Er hatte sich größte Mühe gegeben, alle Wörter sorgfältig
auszusprechen.**
Starał się wymawiać wszystkie słowa ostrożnie.

Und er entfernte alles Auffällige aus seiner Stimme.

I usunął wszystko, co rzucało się w oczy w jego głosie.

Auch der Vater schien mit der Antwort zufrieden zu sein.

Ojciec również zdawał się być usatysfakcjonowany odpowiedzią.

Und er kehrte zu seinem unvollendeten Frühstück zurück.

I wrócił do niedokończonego śniadania.

Doch die Schwester flüsterte: „Gregor, mach auf, ich flehe dich an."

Ale siostra szepnęła: „Gregor, otwórz, błagam cię".

Doch ihre Sorge um ihn konnte ihn in keiner Weise bewegen.

Jednak jej troska o niego w żaden sposób go nie poruszyła.

Gregor hatte nicht die Absicht, ihr die Tür zu öffnen.

Gregor nie miał zamiaru otwierać jej drzwi.

Durch seine Reisen hatte er sich einige vorsichtige Gewohnheiten angeeignet.

Podróże wyrobiły w nim pewne nawyki ostrożności.

Und er lobte sich selbst dafür, die Türen abgeschlossen zu haben.

I pochwalił się, że zamknął drzwi.

Zunächst wollte er in Ruhe und in seinem eigenen Tempo aufstehen.

Najpierw chciał wstać spokojnie, w swoim czasie.

Und er wollte sich ungestört anziehen.

I bez przeszkód chciał się ubrać.

Nachdem er das geschafft hatte, wollte er frühstücken.

Kiedy już to osiągnął, chciał zjeść śniadanie.

Erst dann wollte er die Situation weiter überdenken.

Dopiero wtedy chciał głębiej rozważyć sytuację.

Er wusste, dass es sinnlos war, im Bett Pläne zu schmieden.

Wiedział, że nie ma sensu snuć planów w łóżku.

Zu einem vernünftigen Schluss zu gelangen, wäre unmöglich.

Osiągnięcie sensownego wniosku byłoby niemożliwe.

Es gab schon andere Male, da war er mit leichten Schmerzen aufgewacht.

Innym razem budził się z lekkim bólem.
Diese Schmerzen erwiesen sich stets als reine Einbildung.
Bóle te zawsze okazywały się czystą wyobraźnią.
Beim Aufstehen verschwanden die Schmerzen ausnahmslos.
Po wstaniu z łóżka ból niezmiennie ustępował.
Er war neugierig, was mit diesen Ideen geschehen würde.
Był ciekaw, co stanie się z tymi pomysłami.
Die Veränderung seiner Stimme war wahrscheinlich nur auf eine Erkältung zurückzuführen.
Zmiana w jego głosie była zapewne spowodowana przeziębieniem.
Erkältungen sind für Reisende einfach ein Berufsrisiko.
Przeziębienia są dla podróżników jedynie ryzykiem zawodowym.
Er hatte keinen Zweifel daran, dass dies die logische Erklärung war.
Nie miał wątpliwości, że jest to logiczne wytłumaczenie.
Es gelang ihm mühelos, die Decke von sich zu streifen.
Zdejmowanie z siebie koca nie stanowiło problemu.
Er musste nur einatmen und sich aufblasen.
Wszystko co musiał zrobić, to wziąć oddech i się napompować.
Die Decke rutschte von seinem Körper und landete auf dem Boden.
Koc zsunął się z jego ciała na podłogę.
Sein unglaublich breiter Körperbau erschwerte auch andere Dinge.
Jego niezwykle szerokie ciało utrudniało mu inne rzeczy.
Er hätte Arme und Hände gebraucht, um aufzustehen.
Potrzebowałby rąk i rąk, żeby wstać.
Aber er hatte nicht mehr die Gliedmaßen, die er früher gehabt hatte.
Ale nie miał już kończyn, które miał kiedyś.
Anstelle von Armen und Händen hatte er viele kleine Beine.
Zamiast rąk i dłoni miał mnóstwo małych nóg.
Und seine Beine bewegten sich ständig, ohne dass er es kontrollieren konnte.

A jego nogi cały czas się poruszały, poza jego kontrolą.

Er versuchte, ein Bein zu beugen, aber stattdessen streckte es sich.

Próbował zgiąć jedną nogę, ale ta zamiast tego się wyciągnęła.

Schließlich gelang es ihm, ein Bein unter seine Kontrolle zu bringen.

W końcu udało mu się opanować jedną nogę.

Doch dann wurde die Bewegung der anderen Beine freigegeben.

Ale potem ruch pozostałych nóg został uwolniony.

Und seine Beine zuckten vor lauter Aufregung.

A wszystkie jego nogi drgały z ogromnego podniecenia.

Zuerst wollte er seinen Unterkörper aus dem Bett bekommen.

Najpierw chciał wyjąć dolną część ciała z łóżka.

Seinen Unterkörper hatte er aber noch nicht gesehen.

Ale tak naprawdę jeszcze nie widział dolnej części jego ciała.

Und es erwies sich ohnehin als zu schwierig, diesen Teil zu versetzen.

A przeniesienie tej części okazało się i tak zbyt trudne.

Schließlich wagte er mit all seiner Kraft einen waghalsigen Schritt.

W końcu, ostatkiem sił, wykonał jeden szalony ruch.

Ohne weiter zu zögern, trat er vorwärts.

Bez dalszego wahania ruszył naprzód.

Doch er hatte die falsche Richtung eingeschlagen.

Ale wybrał zły kierunek.

Er schlug mit voller Wucht mit dem Körper gegen den unteren Bettpfosten.

Z impetem uderzył całym ciałem o dolną część łóżka.

Der brennende Schmerz, den er empfand, lehrte ihn eine wertvolle Lektion.

Palący ból, który czuł, nauczył go cennej lekcji.

Sein Unterkörper war vielleicht empfindlicher.

Dolna część jego ciała była być może bardziej wrażliwa.

Also versuchte er zuerst, seinen Oberkörper aus dem Bett zu bekommen.

Więc najpierw spróbował wydostać się z łóżka górną częścią ciała.

Er drehte seinen Kopf vorsichtig in die richtige Richtung.

Ostrożnie obrócił głowę we właściwym kierunku.

Und schon bald lag sein Kopf am Bettrand.

I wkrótce jego głowa znalazła się naprzeciwko krawędzi łóżka.

Diese vorsichtige Vorgehensweise fiel ihm tatsächlich leicht.

Ten ostrożny ruch był dla niego łatwy.

Und weder seine Breite noch sein Gewicht hinderten ihn an seinen Bewegungen.

A jego szerokość i ciężar nie ograniczały jego ruchów.

Die Masse seines Körpers folgte langsam der Drehung des Kopfes.

Masa jego ciała powoli podążała za obrotem głowy.

Doch dann streckte er den Kopf über die Bettkante.

Ale potem wyciągnął głowę ponad krawędź łóżka.

Und er sah sich einer neuen Angst gegenüber, über die er noch nicht nachgedacht hatte.

I stanął twarzą w twarz z nowym strachem, o którym dotąd nie myślał.

Ein weiteres Vorgehen in dieser Richtung könnte gefährlich sein.

Dalsze postępowanie w ten sposób może być niebezpieczne.

Er hatte gedacht, er würde sich einfach fallen lassen.

Myślał, że po prostu upadnie.

Es wäre aber ein Wunder, wenn er sich dabei nicht am Kopf verletzen würde.

Ale byłoby cudem, gdyby nie uszkodził sobie głowy.

Jetzt war nicht der richtige Zeitpunkt, um ein Bewusstseinsverlustrisiko einzugehen.

Teraz nie był odpowiedni moment na ryzyko utraty przytomności.

Vielleicht wäre es doch besser, im Bett zu bleiben.

Może jednak lepiej będzie zostać w łóżku.

Doch dann musste er denselben Aufwand betreiben, um zurückzukehren.

Ale potem musiał dokonać tego samego wysiłku, żeby wrócić.

Nach all der Mühe lag er da, genau wie zuvor.

Po całym tym wysiłku leżał tam, tak jak poprzednio.

Und nun schienen seine Beine noch wütender zu sein als zuvor.

A teraz jego nogi zdawały się być jeszcze bardziej wściekłe niż wcześniej.

Die Bewegungen seiner Beine waren noch unkontrollierbarer geworden.

Ruchy jego nóg stały się jeszcze bardziej niekontrolowane.

Er sah keinen Ausweg aus seiner Situation.

Nie widział żadnego wyjścia z sytuacji, w której się znalazł.

Aus diesem Chaos konnte kein Frieden und keine Ordnung hergestellt werden.

W tym chaosie nie udało się przywrócić spokoju i porządku.

Aber er wusste, dass auch im Bett zu bleiben keine Option war.

Ale wiedział, że pozostanie w łóżku również nie wchodzi w grę.

Alles zu opfern war die vernünftigste Option.

Poświęcenie wszystkiego było najrozsądniejszą opcją.

Er klammerte sich an den kleinsten Hoffnungsschimmer, jemals wieder aufstehen zu können.

Trzymał się kurczowo najmniejszej nadziei, że uda mu się wstać z łóżka.

Wenn ihm das gelingt, hat sich das ganze Risiko gelohnt.

Gdyby mu się to udało, całe ryzyko byłoby warte zachodu.

Doch gleichzeitig erinnerte er sich auch an etwas anderes.

Ale jednocześnie przypomniało mu się coś jeszcze.

„Besser als verzweifelte Entscheidungen sind ruhige Überlegungen.“

„Lepsze od desperackich decyzji są spokojne przemyślenia.”

Mit aller Kraft konzentrierte er seinen Blick auf das Fenster.

Ze wszystkich sił skupił wzrok na oknie.

Doch was er sah, stimmte ihn wenig zuversichtlich und erfreute ihn nicht.

Ale to, co zobaczył, nie napełniło go optymizmem i optymizmem.

Der Morgennebel hüllte die gesamte enge Straße ein.

Poranna mgła pokryła całą wąską ulicę.

Der Wecker klingelte erneut; es war nun sieben Uhr.

Budzik zadzwonił ponownie; była już godzina siódma.

„Es ist bereits sieben Uhr und es ist immer noch so neblig."

„Jest już godzina siódma, a wciąż jest taka mgła."

Eine Zeitlang lag er still da und atmete nur schwach.

Przez chwilę leżał spokojnie, oddychając słabo.

Vielleicht würde etwas Ruhe eine gewisse Normalität herbeiführen.

Być może pewna cisza przyniosłaby odrobinę normalności.

Völliges Schweigen könnte die wahren Zustände herbeiführen.

Całkowita cisza mogłaby doprowadzić do powstania prawdziwych warunków.

Doch bevor die Uhr erneut schlug, durchbrach er das Schweigen.

Ale zanim zegar znów wybił godzinę, przerwał ciszę.

Bevor die Uhr wieder schlägt, muss ich aus dem Bett sein.

„Zanim zegar znów wybije, muszę wstać z łóżka."

„Ich muss bis dahin unbedingt komplett aus dem Bett sein."

„Do tego czasu muszę już całkowicie wstać z łóżka".

„Nach Viertel nach sieben schickt das Büro jemanden."

„Po 19:15 biuro wyśle kogoś."

„Weil das Büro vor sieben Uhr öffnete."

„Ponieważ biuro otwierało się przed godziną siódmą."

Und nun begann er, seinen Körper aus dem Bett zu schaukeln.

I zaczął wypychać swoje ciało z łóżka.

Er hatte aufgehört, sich auf seinen Ober- oder Unterkörper zu konzentrieren.

Przestał skupiać się na górnej i dolnej części ciała.

Sein ganzer Körper musste aus dem Bett herausragen.

Całe jego ciało musiało opuścić łóżko.

Bei einem Sturz in diese Richtung sollte sein Kopf geschützt sein, dachte er.

Pomyślał, że upadek w ten sposób powinien ochronić jego głowę.

Er hatte geplant, den Kopf zu heben, sobald er auf dem Boden aufschlug.

Planował podnieść głowę, gdy uderzy o ziemię.

Sein Rücken schien hart genug für den Aufprall zu sein.

Tylna część jego ciała wydawała się wystarczająco twarda, by wytrzymać uderzenie.

Und der Teppich diente dazu, die Landung abzufedern.

A dywan miał za zadanie złagodzić lądowanie.

Seine größte Sorge galt jedoch dem Lärm.

Jego największym zmartwieniem był jednak głośny hałas.

Das krachende Geräusch würde alle im Haus erschrecken.

Odgłos huku przestraszyłby wszystkich w domu.

Vielleicht hätten sie keine Angst vor dem lauten Lärm.

Być może nie przerażałby ich głośny hałas.

Aber sie wären mit Sicherheit besorgt, wenn sie davon hörten.

Ale na pewno by się zaniepokoili, gdyby o tym usłyszeli.

Man musste aber das Risiko eingehen, Aufmerksamkeit zu erregen.

Ale trzeba było podjąć ryzyko zwrócenia na siebie uwagi.

Die neue Methode war eher ein Spiel als eine Anstrengung.

Nowa metoda była bardziej grą niż wysiłkiem.

Er musste seinen Körper in plötzlichen und ruckartigen Bewegungen hin und her wiegen.

Musiał wykonywać gwałtowne, szarpiące ruchy całym ciałem.

Gregor war schon halb aus dem Bett aufgestanden.

Gregor był już w połowie w łóżku.

Nun kam ihm gerade ein neuer Gedanke.

Teraz przyszła mu do głowy nowa myśl.

„Es wäre alles so einfach, wenn mir jemand zu Hilfe käme."

„Wszystko byłoby o wiele łatwiejsze, gdyby ktoś przyszedł mi z pomocą".

„Zwei kräftige Personen würden völlig ausreichen."
„Dwie silne osoby w zupełności wystarczą."
Sein Vater und das Dienstmädchen wären stark genug.
Jego ojciec i służąca byliby wystarczająco silni.
Sie müssten nur ihre Arme unter seinen Rücken schieben.
Wystarczyło wsunąć ręce pod jego plecy.
Und dann könnten sie ihn ganz leicht aus dem Bett ziehen.
A potem mogliby go z łatwością wyciągnąć z łóżka.
Vielleicht hätten sie sein Gewicht langsam reduzieren müssen.
Być może musieliby stopniowo zmniejszać jego wagę.
Hoffentlich hätten die Beine dann ihren Zweck gefunden.
Miejmy nadzieję, że wtedy nogi odnalazłyby swoje przeznaczenie.
Wäre es nicht letztendlich besser, um Hilfe zu rufen?
„Czy nie byłoby lepiej wezwać pomoc?"
Das Problem war natürlich, dass er die Türen abgeschlossen hatte.
Problemem było oczywiście to, że zamknął drzwi.
Irgendwie hatte der Gedanke etwas, das ihn amüsierte.
Było coś w tej myśli, co go poruszyło.
Und trotz seiner Notlage konnte er sich ein Lächeln nicht verkneifen.
I pomimo przeciwności losu nie mógł powstrzymać uśmiechu.
Er war schon kurz davor, das Gleichgewicht zu verlieren.
Teraz był już bliski utraty równowagi.
Mit jedem Schwung kam er dem Umkippen vom Bett näher.
Każde uderzenie przybliżało go do upadku z łóżka.
Bald musste er die endgültige Entscheidung treffen.
Wkrótce musiał podjąć ostateczną decyzję.
In fünf Minuten würde es Viertel nach sieben sein.
Za pięć minut miała być godzina 19:15.
Während er diesen Gedanken nachging, klingelte es an der Tür.
Gdy tak rozmyślał, zadzwonił dzwonek do drzwi.
„Das ist jemand aus dem Büro", sagte er zu sich selbst.
„To ktoś z biura" – powiedział do siebie.

Und er erstarrte fast vor Angst angesichts des Besuchers.

I prawie zamarł ze strachu przed przybyciem gości.

Seine Beine tanzten noch wilder als zuvor.

Jego nogi tańczyły jeszcze dziko, niż poprzednio.

Doch dann herrschte einen Moment lang Stille.

Ale potem, na chwilę, wszystko ucichło.

„Sie werden die Tür nicht öffnen", sagte Gregor zu sich selbst.

„Nie otworzą drzwi" – powiedział sobie Gregor.

Er war noch immer einer sinnlosen Hoffnung verfallen.

Nadal był przejęty jakąś bezsensowną nadzieją.

Doch dann ging das Dienstmädchen natürlich zur Tür.

Ale potem, oczywiście, pokojówka podeszła do drzwi.

Und wie immer öffnete sie dem Besucher die Tür.

I jak zwykle otworzyła drzwi gościowi.

Gregor brauchte nur die erste Begrüßung des Besuchers zu hören.

Gregorowi wystarczyło usłyszeć pierwsze powitanie gościa.

Er konnte sofort erkennen, wer ihn gesucht hatte.

Od razu wiedział, kto po niego przyszedł.

Der Hauptschreiber selbst war gekommen, um nach Samsa zu sehen.

Sam urzędnik przyszedł sprawdzić, co z Samsą.

Warum war Gregor der Einzige, der zu diesem Schicksal verurteilt wurde?

Dlaczego tylko Gregor został skazany na taki los?

Warum musste ausgerechnet er in einer solchen Organisation dienen?

Dlaczego tylko on musiał służyć w takiej organizacji?

Das geringste Versehen weckte sofort Misstrauen.

Najmniejsze niedopatrzenie od razu wzbudzało podejrzenia.

Waren alle Angestellten, die dort arbeiteten, Schurken?

Czy wszyscy tam pracujący pracownicy byli łajdakami?

Gab es denn keinen treuen und ergebenen Menschen unter ihnen?

Czy nie było wśród nich osoby wiernej i oddanej?

Hätten sie nicht einfach einen Lehrling schicken können?

Czy nie mogli po prostu wysłać ucznia?
War diese ganze Infragestellung überhaupt notwendig?
Czy wszystkie te pytania były w ogóle konieczne?
Musste der Bevollmächtigte persönlich erscheinen?
Czy upoważniony przedstawiciel musiał osobiście
przyjechać?
**Musste wirklich die gesamte unschuldige Familie informiert
werden?**
Czy cała niewinna rodzina musiała zostać poinformowana?
All diese Überlegungen veranlassten Gregor zum Handeln.
Wszystkie te rozważania skłoniły Gregora do podjęcia
działania.
Er schwang sich mit aller Kraft aus dem Bett.
Z całej siły wyskoczył z łóżka.
**Es gab einen lauten Knall, aber es war eigentlich kein
richtiges Geräusch.**
Rozległ się głośny huk, ale nie był to prawdziwy hałas.
Der Fall wurde durch den Teppich etwas abgemildert.
Upadek został nieco złagodzony przez dywan.
Sein Rücken war elastischer, als Gregor angenommen hatte.
Jego plecy były bardziej elastyczne, niż Gregor myślał.
Der Klang war also dumpfer und nicht so auffällig.
Dźwięk był więc bardziej stłumiony i mniej słyszalny.
**Doch er hatte seinen Kopf während des Sturzes nicht
geschützt.**
Ale nie zadbał o swoją głowę podczas upadku.
**Und als er auf den Boden aufschlug, schlug er auch mit dem
Kopf auf.**
A uderzając o ziemię uderzył się także w głowę.
Er rieb sich vor Wut und Schmerz den Kopf am Teppich.
Pocierał głowę o dywan ze złości i bólu.
Der Manager im Nachbarzimmer hörte jedoch den Lärm.
Ale menadżer w sąsiednim pokoju usłyszał hałas.
„Da ist etwas hineingefallen", stellte er richtig fest.
„Coś tam wpadło" – zauważył trafnie.
**Gregor versuchte, sich den Manager in seine Lage zu
versetzen.**

Gregor próbował wyobrazić sobie menedżera w jego sytuacji.

„Könnte ihm dasselbe passieren?", fragte er sich.

„Czy jemu mogłoby się przytrafić to samo?" – zastanawiał się.

Er akzeptierte, dass dieses seltsame Ereignis möglich sein könnte.

Przyjął, że to dziwne wydarzenie jest możliwe.

Und dann ging der Hauptsekretär ein paar Schritte in den Raum.

Następnie starszy urzędnik zrobił kilka kroków w stronę pokoju.

Es war fast schon eine plumpe Antwort auf seine Frage.

Była to niemalże prymitywna odpowiedź na zadane przez niego pytanie.

Seine Lederstiefel knarrten, als er sich der Tür näherte.

Jego skórzane buty zaskrzypiały, gdy zbliżył się do drzwi.

Aus dem Zimmer zu seiner Rechten flüsterte ihm seine Magd zu.

Z pokoju po prawej stronie szeptała mu służąca.

„Gregor, der Bevollmächtigte, ist hier."

„Gregor, nasz upoważniony przedstawiciel jest tutaj."

„Ich weiß", sagte Gregor, aber nur leise zu sich selbst.

„Wiem" – powiedział Gregor, ale tylko cicho do siebie.

Er wagte es nicht, seine Stimme lauter als ein Flüstern zu erheben.

Nie odważył się podnieść głosu ponad szept.

Weil Gregor nicht wollte, dass seine Schwester ihn hörte.

Ponieważ Gregor nie chciał, aby siostra go usłyszała.

„Gregor", sagte der Vater aus dem Zimmer links.

„Gregor" – powiedział ojciec z pokoju po lewej stronie.

Der Manager ist gekommen, um nach dem Rechten zu sehen.

„Kierownik przyszedł sprawdzić, na czym polega problem."

„Er fragte, warum du nicht den frühen Zug genommen hast."

„Zapytał, dlaczego nie wyjechałeś wczesnym pociągiem."

„Wir wissen nicht, was wir ihm sagen sollen", sagte der Vater.

„Nie wiemy, co mu powiedzieć" – powiedział ojciec.

„Übrigens möchte er auch persönlich mit Ihnen sprechen."

„A tak przy okazji, on też chce z tobą porozmawiać osobiście."

„Bitte öffnen Sie die Tür, damit er mit Ihnen sprechen kann."

"Proszę otworzyć drzwi, żeby mógł z panem porozmawiać."

„Er wird so freundlich sein, das Chaos im Zimmer zu entschuldigen."

„Będzie tak miły i wybaczy bałagan w pokoju."

"Guten Morgen, Herr Samsa", rief ihm der Manager zu.

„Dzień dobry, panie Samsa" – zawołał do niego kierownik.

Und er sprach ganz gewiss in freundlicher Weise mit ihm.

I z pewnością rozmawiał z nim w przyjazny sposób.

„Es geht ihm nicht gut", sagte die Mutter zum Manager.

„Nie czuje się dobrze" – powiedziała matka do kierownika.

„Es geht ihm überhaupt nicht gut, glauben Sie mir, lieber Manager."

„Wierz mi, drogi kierowniku, on wcale nie czuje się dobrze".

"Warum sonst sollte Gregor den Morgenzug verpassen?"

„Z jakiego innego powodu Gregor miałby spóźnić się na poranny pociąg?"

„Der Junge hat nichts anderes im Kopf als das Geschäft."

„Chłopak nie myśli o niczym innym, tylko o interesach".

„Es ärgert mich fast, dass er nichts anderes tut."

„Wkurza mnie to, że on nic innego nie robi".

„Ich wünschte, er würde abends an die frische Luft gehen."

„Chciałabym, żeby wychodził wieczorami na świeże powietrze".

„Er war acht Tage geschäftlich in der Stadt."

„Przebywał w mieście osiem dni w interesach".

„Aber er war ja jeden dieser Abende zu Hause."

„Ale potem każdego wieczoru był w domu"

„Er sitzt an unserem Tisch und liest die Zeitung."

"Siedzi przy naszym stole i czyta gazetę."

„Manchmal studiert er auch die Fahrpläne der Züge."

„W innym czasie studiuje rozkłady jazdy pociągów."

„Manchmal beschäftigt er sich mit Tischlerarbeiten."

„Czasami zajmuje się stolarką."

„Zum Beispiel schnitzte er einen kleinen Bilderrahmen aus Holz."

„Na przykład wyrzeźbił małą drewnianą ramkę do obrazu."

„An zwei oder drei Abenden war er mit der Säge beschäftigt."

„Przez dwa lub trzy wieczory był zajęty piłą."

„Sie werden staunen, wie hübsch der Bilderrahmen ist."

"Zdziwisz się, jak piękna jest ta ramka."

„Er hat den Bilderrahmen in seinem Zimmer aufgehängt."

„Powiesił ramkę ze zdjęciem w swoim pokoju."

„Wenn er die Tür öffnet, werden Sie seine Holzarbeiten sehen."

„Kiedy otworzy drzwi, zobaczysz jego stolarkę."

„Übrigens freut es mich, dass Sie hier sind, Herr Prokurist."

„A tak przy okazji, cieszę się, że pan tu jest, panie Prokurist."

„Wir allein hätten Gregor nicht dazu bringen können, die Tür zu öffnen."

„Sami nie bylibyśmy w stanie zmusić Gregora do otwarcia drzwi."

„Er ist so stur", gestand seine Mutter dem Angestellten.

„On jest taki uparty" – zwierzyła się jego matka urzędnikowi.

„Er ist ganz sicher krank, obwohl er das vorher bestritten hat."

„Z pewnością czuje się źle, chociaż wcześniej temu zaprzeczał".

„Ich komme gleich", sagte Gregor langsam und bedächtig.

„Zaraz tam będę" – powiedział Gregor powoli i ostrożnie.

Doch er machte keine Anstalten, sich der Tür des Zimmers zuzuwenden.

Jednak nie ruszył się w stronę drzwi pokoju.

Er wollte kein Wort des Gesprächs verpassen.

Nie chciał stracić ani jednego słowa z rozmowy.

Der Hauptsekretär stimmte der Einschätzung der Mutter zu.

Starszy urzędnik zgodził się z oceną matki.

"Ich kann es Ihnen auch nicht anders erklären, Madam."

"Ja też nie potrafię tego inaczej wytłumaczyć, proszę pani."

„Hoffen wir alle, dass er keine schwere Krankheit hat",
sagte er.
„Miejmy nadzieję, że nie cierpi na żadną poważną chorobę" –
powiedział.
„Andererseits stellt es eine Gefahr in unserer Branche dar."
„Z drugiej strony, jest to zagrożenie dla naszej branży".
„Wir Geschäftsleute müssen oft Unannehmlichkeiten
überwinden."
„My, ludzie biznesu, często musimy stawić czoła
niedogodnościom".
„Profis müssen leichte Schmerzen einfach aushalten."
„Profesjonaliści muszą po prostu znosić drobne
niedogodności".
Währenddessen klopfte sein Vater erneut an die andere Tür.
Tymczasem jego ojciec ponownie zapukał do drugich drzwi.
„Kann der Hauptsekretär jetzt hereinkommen?", wollte er
wissen.
„Czy starszy urzędnik może już wejść?" – chciał wiedzieć.
"Nein, das kann er nicht", antwortete Gregor auf die Frage
seines Vaters.
„Nie, nie może" – odpowiedział Gregor na pytanie ojca.
Im Raum links von uns herrschte betretenes Schweigen.
W pokoju po lewej stronie zapadła niezręczna cisza.
Im Zimmer rechts begann die Schwester zu schluchzen.
W pokoju po prawej stronie siostra zaczęła szlochać.
Warum war die Schwester nicht zu den anderen gegangen?
Dlaczego siostra nie poszła do innych?
Sie war wahrscheinlich gerade erst aufgestanden, dachte er.
Pewnie dopiero co wstała z łóżka, pomyślał.
Vielleicht hatte sie noch gar nicht angefangen, sich
anzuziehen.
Chyba nawet jeszcze nie zaczęła się ubierać.
Gregor aber verstand nicht, warum sie weinte.
Ale Gregor nie mógł zrozumieć, dlaczego ona płacze.
Lag es daran, dass er nicht aufgestanden war und den
Manager hereingelassen hatte?
Czy to dlatego, że nie wstał i nie wpuścił kierownika?

Lag es daran, dass er Gefahr lief, seinen Job zu verlieren?

Czy to dlatego, że groziła mu utrata pracy?

Könnte der Chef wie früher gegen die Eltern vorgehen?

Czy szef może znowu zaatakować rodziców, tak jak poprzednio?

Würde er seine alten Forderungen an sie wiederholen?

Czy zamierzał znów stawiać im stare żądania?

Diese Dinge waren wahrscheinlich unnötig.

O te rzeczy prawdopodobnie nie trzeba było się martwić.

Im Moment hatte sie keinen Grund zu weinen.

Na razie nie miała powodu do płaczu.

Gregor war noch da und sorgte für seine Familie.

Gregor nadal tu był i utrzymywał rodzinę.

Und er hatte nie die Absicht, die Familie zu verlassen.

I nigdy nie miał zamiaru opuszczać rodziny.

Im Moment lag er einfach nur da auf dem Teppich.

Na razie po prostu leżał na dywanie.

Die Familie wusste nichts von seinem Zustand.

Rodzina nie wiedziała w jakim stanie się znajdował.

Hätten sie das gewusst, hätten sie seinen Chef nicht ermutigt.

Gdyby wiedzieli, nie zachęcaliby jego szefa.

Sie hätten nicht einmal den Manager ins Haus gelassen.

Nawet menadżerowi nie pozwoliliby wejść do domu.

Ihn abzuweisen wäre nicht besonders unhöflich gewesen.

Odprawienie go nie byłoby szczególnie niegrzeczne.

Er hätte später problemlos eine passende Ausrede finden können.

Później z łatwością mógłby znaleźć odpowiednią wymówkę.

Dafür hätte er nicht entlassen werden können.

To nie było coś, za co można było go zwolnić.

Gregor war der Ansicht, dass es jetzt vernünftiger wäre, allein gelassen zu werden.

Gregor uznał, że teraz rozsądniej będzie zostawić go w spokoju.

Ihn durch Weinen und Reden zu stören, brachte wenig.

Przeszkadzanie mu płaczem i rozmowami nie przynosiło żadnych efektów.

Doch die anderen beunruhigte die Ungewissheit.

Ale to niepewność niepokoiła pozostałych.

Und genau diese Unsicherheit entschuldigte ihr Verhalten.

A ta niepewność usprawiedliwiała ich zachowanie.

„Herr Samsa!", rief der Manager mit erhobener Stimme.

„Panie Samsa!" – zawołał kierownik podniesionym głosem.

„Was ist los mit dir?", wollte er wissen.

„Co się z tobą dzieje?" chciał wiedzieć.

„Du hast dich in deinem Zimmer verbarrikadiert."

"Zabarykadowałeś się w swoim pokoju."

„Sie antworten nur mit ‚Ja' oder ‚Nein'."

„Możesz odpowiedzieć tylko „tak" lub „nie".

„Du bereitest deinen Eltern große Sorgen."

„Sprawiasz swoim rodzicom poważne zmartwienia".

„Ich sehe keinen guten Grund, warum Sie sie beunruhigen sollten."

„Nie widzę powodu, dla którego miałbyś ich martwić".

„Es gibt da noch eine Sache, die ich nebenbei erwähnen möchte."

„Jest jeszcze jedna rzecz, o której wspomnę mimochodem."

„Sie vernachlässigen auch Ihre geschäftlichen Pflichten uns gegenüber."

"Zaniedbujesz również swoje obowiązki służbowe wobec nas."

„Eine solche Verantwortungslosigkeit entspricht so gar nicht Ihrem Charakter."

„Taka nieodpowiedzialność jest zupełnie nietypowa dla ciebie".

„Ich spreche hier im Namen Ihrer Eltern und Ihres Chefs."

„Mówię w imieniu twoich rodziców i twojego szefa".

„Und ich bitte Sie um eine sofortige und klare Erklärung."

„Proszę o natychmiastowe i jasne wyjaśnienie."

„Das Ganze erstaunt mich wirklich, das muss ich sagen."

„Muszę przyznać, że cała ta sprawa naprawdę mnie zadziwia".

„Ich dachte, ich kenne dich als ruhigen und vernünftigen Menschen."

„Myślałem, że znasz mnie jako osobę spokojną i rozsądną."

„Aber jetzt zeigst du uns eine andere Seite von dir."

„Ale teraz pokazujesz nam inną stronę swojej osobowości".

„Plötzlich zeigst du deine ganz eigenen Launen."

„Nagle zacząłeś przejawiać swoje bardzo osobliwe kaprysy."

„Aber es könnte eine Erklärung für Ihr Scheitern geben."

„Ale może być jakieś wytłumaczenie twojej porażki".

„Der Chef erwähnte eine Forderung, die Sie für uns eingetrieben hatten."

Szef wspomniał o długu, który dla nas ściągnąłeś.

"Ich habe dem Chef in Ihrem Namen mein Ehrenwort gegeben."

"Dałem szefowi słowo honoru za ciebie."

„Aber jetzt sehe ich deine unverständliche Sturheit."

„Ale teraz widzę twoją niezrozumiałą upartość."

"Vielleicht verliere ich auch noch jegliche Lust, dir überhaupt zu helfen."

„Mogę jednak stracić wszelką chęć, żeby ci pomóc".

„Ihre Arbeitsplatzsicherheit ist keineswegs völlig stabil."

„Twoje bezpieczeństwo zatrudnienia wcale nie jest w pełni stabilne".

„Eigentlich wollte ich euch das alles unter vier Augen erzählen."

„Pierwotnie zamierzałem powiedzieć ci to wszystko prywatnie".

„Aber jetzt sehe ich, dass Sie wollen, dass ich hier meine Zeit verschwende."

„Ale teraz widzę, że chcesz, żebym marnował tu czas."

„Ich sehe also keinen Grund, warum deine Eltern das nicht wissen sollten."

„Dlatego nie widzę powodu, dla którego twoi rodzice nie mieliby o tym wiedzieć".

„Ihre Leistungen in letzter Zeit waren nicht zufriedenstellend."

„Twoje ostatnie osiągnięcia nie były zadowalające".

„Ich räume ein, dass die Verkäufe zu dieser Jahreszeit
langsamer laufen."
„Przyznaję, że o tej porze roku sprzedaż jest mniejsza".
**„Aber es gibt keine Jahreszeit, in der es keine Verkäufe
gibt."**
„Ale nie ma pory roku, w której nie byłoby wyprzedaży".
Für einen Moment vergaß Gregor alles um sich herum.
Gregor na chwilę zapomniał o wszystkim, co go otaczało.
„Aber Herr Prokurist!", rief Gregor verzweifelt aus.
„Ale panie Prokurist!" – krzyknął Gregor w rozpaczy.
"Ich öffne die Tür sofort, jetzt gleich, keine Sorge."
"Zaraz otworzę drzwi, teraz, nie martw się."
„Das Problem ist, dass ich mich ziemlich unwohl fühle."
„Problem w tym, że ostatnio czuję się dość źle".
**„Mir war schwindelig, deshalb konnte ich die Tür nicht
erreichen."**
„Zawroty głowy uniemożliwiły mi dotarcie do drzwi."
**„Ich liege zwar noch im Bett, aber es geht mir schon viel
besser."**
„Nadal leżę w łóżku, ale czuję się o wiele lepiej".
"Einen Moment bitte, ich stehe gerade erst auf."
"Chwileczkę, proszę, właśnie wstaję z łóżka."
**"Einen Moment Geduld, Herr Prokurist, ist alles, worum ich
bitte."**
„Proszę tylko o chwilę cierpliwości, panie Prokurist."
**„Es läuft nicht so gut, wie ich dachte, aber ich werde es
schon schaffen."**
„Nie idzie mi tak dobrze, jak myślałem, ale dam sobie radę".
"Wie kann so etwas einem Menschen so schnell passieren?"
„Jak coś takiego może przydarzyć się człowiekowi tak
szybko?"
„Mir ging es gestern Abend gut, das wissen meine Eltern."
„Wczoraj wieczorem czułem się dobrze, moi rodzice o tym
wiedzą".
**„Aber vielleicht hatte ich damals schon eine kleine
Vorahnung."**
„Ale może już wtedy miałem małe przeczucie".

„Man könnte sich fragen, warum ich es nicht im Büro gemeldet habe."

„Możesz zapytać, dlaczego nie zgłosiłem tego w biurze".

„Ich dachte, ich würde mich morgen früh wieder viel besser fühlen."

„Myślałam, że rano poczuję się o wiele lepiej".

„Man denkt immer, dass sie die Krankheit bis dahin besiegt haben werden."

„Zawsze myśli się, że do tego czasu uda się pokonać chorobę".

„Aber bitte! Verschonen Sie meine Eltern vor diesen Anschuldigungen!"

„Ale proszę! Oszczędź moich rodziców tych oskarżeń!"

„Mir wurde kein Wort von dem erzählt, was Sie mir erzählt haben."

„Nie powiedziano mi ani słowa o tym, co mi powiedziałeś."

„Sie haben möglicherweise die letzten von mir versandten Befehle nicht gelesen."

„Być może nie przeczytałeś ostatnich rozkazów, jakie wysłałem".

„Übrigens, du brauchst dir heute keine Sorgen um mich zu machen."

„A tak przy okazji, nie musisz się dziś o mnie martwić."

„Ich werde trotzdem den Zug um acht Uhr nehmen."

„Nadal zamierzam pojechać pociągiem o ósmej."

„Die wenigen Stunden Ruhe haben mich ausreichend gestärkt."

„Kilka godzin odpoczynku wystarczyło, żeby mnie wzmocnić".

"Sie müssen wirklich nicht warten, Manager."

"Naprawdę nie ma potrzeby, żebyś czekał, menadżerze."

„Auch ich werde schon bald im Büro sein."

„Ja również wkrótce będę w biurze."

"Und bitte seien Sie so freundlich, ein gutes Wort für mich einzulegen."

"I proszę, bądź tak miły i wstaw się za mną."

Gregor hatte seine Erklärung recht hastig vorgetragen.

Gregor wygłosił swoje wyjaśnienie dość pospiesznie.

Er wusste selbst kaum, was er eigentlich sagen wollte.
Nie bardzo wiedział, co tak naprawdę chciał powiedzieć.
Er ging zu der Kiste und versuchte, sich daran hochzuziehen.
Podszedł do pudełka i spróbował się na nim podnieść.
Er hatte wirklich die feste Absicht, die Tür zu öffnen.
Naprawdę miał zamiar otworzyć drzwi.
Er wollte vom Bevollmächtigten empfangen werden.
Chciał, żeby zobaczył go upoważniony przedstawiciel.
Und er wollte das Problem persönlich mit ihm lösen.
Chciał rozwiązać problem z nim osobiście.
Er war gespannt darauf, wie die anderen auf ihn reagieren würden.
Chciał wiedzieć, jak zareagują na niego inni.
Sie sind bestimmt inzwischen auch gespannt darauf, wie es ihm geht.
Oni na pewno już teraz są ciekawi, jak się czuje.
Es gab zwei mögliche Arten, wie sie auf ihn reagieren konnten.
Mogli zareagować na niego na dwa sposoby.
Eine Möglichkeit war, dass sie Angst bekommen würden.
Jedną z możliwości było to, że się przestraszyli.
Wenn sie Angst hatten, dann trug er keine Verantwortung.
Jeśli się bali, to nie ponosił żadnej odpowiedzialności.
Und dann müsste er sich keine Sorgen mehr um die Situation machen.
I wtedy nie musiałby się martwić tą sytuacją.
Es gab aber auch noch eine andere Möglichkeit, die man in Betracht ziehen musste.
Ale była też inna możliwość do rozważenia.
Vielleicht würden sie ihn so, wie er war, einfach hinnehmen.
Może spokojnie zaakceptowaliby go takim, jaki był.
Dann hätte auch Gregor keinen Grund, sich aufzuregen.
Wtedy Gregor również nie miałby powodu, żeby się denerwować.
Es bliebe noch genügend Zeit, den Zug zu erreichen.

Będzie jeszcze wystarczająco dużo czasu, żeby zdążyć na pociąg.

Das Aufrechtstehen war jedoch alles andere als einfach.

Jednakże utrzymanie się w pozycji wyprostowanej wcale nie było łatwym zadaniem.

Bei seinen ersten Versuchen rutschte er von der Kiste ab.

Przy pierwszych kilku próbach nie udało mu się wydostać z pudełka.

Die Kiste war zu glatt, als dass er sich dagegen stemmen konnte.

Pudełko było zbyt gładkie, aby mógł się o nie oprzeć.

Und schließlich gab er sich noch einen letzten Anstoß, um aufzustehen.

I w końcu zebrał się na ostatni wysiłek, żeby wstać.

Er schenkte den Schmerzen in seinem Bauch keine Beachtung mehr.

Nie zwracał już uwagi na ból brzucha.

Egal wie groß der Schmerz sein würde, er würde es durchstehen.

Bez względu na to jak wielki byłby ból, on by sobie z nim poradził.

Er ließ sich gegen die Lehne eines nahegelegenen Stuhls fallen.

Upadł na oparcie pobliskiego krzesła.

Und er hielt sich mit seinen kleinen Beinchen am Rand fest.

I trzymał się krawędzi swoimi małymi nóżkami.

Zu diesem Zeitpunkt hatte er sich besser im Griff.

W tym momencie odzyskał nad sobą większą kontrolę.

Und sein Fall war stiller als der vorherige.

A jego upadek był cichszy niż poprzedni.

Weil er dem Manager zuhören musste.

Ponieważ musiał słuchać tego, co mówił menadżer.

„Habt ihr irgendetwas davon verstanden?", fragte er die Eltern.

„Czy cokolwiek z tego zrozumieliście?" – zapytał rodziców.

"Er würde uns doch nicht zum Narren halten, oder?"

„Nie zrobiłby z nas głupców, prawda?"

„Um Gottes Willen!", rief die Mutter und weinte bereits.

„Na miłość boską!" – zawołała matka, już płacząc.

„Er könnte schwer krank sein und wir quälen ihn."

„Być może jest poważnie chory, a my go dręczymy".

"Grete! Grete!", schrie sie ihrer Tochter zu.

„Grete! Grete!" krzyknęła do córki.

„Mutter?", rief die Schwester von der anderen Seite.

"Mamo?" zawołała siostra z drugiej strony.

Dann kommunizierten sie durch Gregors Zimmer.

Następnie komunikowali się za pośrednictwem pokoju Gregora.

„Gregor ist sehr krank und braucht Medikamente."

„Gregor jest bardzo chory i potrzebuje lekarstw."

„Sie müssen sofort zum Arzt gehen."

"Musisz natychmiast udać się do lekarza."

Hast du gehört, wie Gregor eben gesprochen hat?

„Słyszałeś, co przed chwilą mówił Gregor?"

„Das war die Stimme eines Tieres", sagte der Manager.

„To był głos zwierzęcia" – powiedział kierownik.

Seine Worte waren leise im Vergleich zu den Schreien der Mutter.

Jego słowa były ciche w porównaniu z krzykami matki.

"Anna! Anna!", rief der Vater durch das Vorzimmer.

„Anno! Anno!" – zawołał ojciec z przedpokoju.

Und er klatschte in die Hände, um ihre Aufmerksamkeit zu erregen.

I klasnął w dłonie, żeby zwrócić ich uwagę.

"Holt sofort einen Schlüsseldienst!", befahl er dem Dienstmädchen.

"Natychmiast wezwij ślusarza!" rozkazał pokojówce.

Die Mädchen rannten in ihren Röcken durch das Vorzimmer.

Dziewczyny w spódniczkach biegały przez przedpokój.

Und ihre Röcke raschelten, als sie an seinem Zimmer vorbeiliefen.

A ich spódnice szeleściły, gdy przebiegały obok jego pokoju.

„Wie konnte sich die Schwester so schnell anziehen?",
dachte er.
„Jak ta siostra mogła się tak szybko ubrać?" – pomyślał.
Die Tür war aufgerissen, aber nicht zugeschlagen.
Drzwi zostały wyrwane, ale nie zatrzaśnięte.
Dies kommt häufig in Haushalten vor, in denen ein großes Unglück geschieht.
Jest to częste zjawisko w domach, w których wydarzyło się wielkie nieszczęście.
All das hatte Gregor jedoch deutlich ruhiger gemacht.
Ale wszystko to sprawiło, że Gregor stał się znacznie spokojniejszy.
Als er seine eigenen Worte hörte, erschienen sie ihm klar.
Kiedy usłyszał swoje własne słowa, wydały mu się jasne.
Tatsächlich war er der Ansicht, seine Worte seien eigentlich klarer gewesen.
W rzeczywistości miał wrażenie, że jego słowa były wyraźniejsze.
Die anderen aber verstanden nicht mehr, was er sagte.
Ale pozostali już nie rozumieli, co mówił.
Vielleicht hatte er sich inzwischen an seine Ohren gewöhnt.
Być może przyzwyczaił się już do swoich uszu.
Aber zumindest verstanden sie seine Situation jetzt besser.
Ale przynajmniej teraz lepiej rozumieli jego sytuację.
Sie erkannten, dass mit ihm tatsächlich etwas nicht stimmte.
Zrozumieli, że naprawdę jest z nim coś nie tak.
Und sie taten nun alles, was sie konnten, um ihm zu helfen.
I teraz robili wszystko co mogli, żeby mu pomóc.
Dies gab Gregor ein Gefühl des Selbstvertrauens, das ihm gefehlt hatte.
Dało to Gregorowi poczucie pewności siebie, którego mu brakowało.
Und er fühlte sich in der Familie wieder viel sicherer.
I znów poczuł się o wiele bezpieczniej w rodzinie.
Er hatte das Gefühl, wieder in den menschlichen Kreis aufgenommen zu sein.
Poczuł, że znów został włączony do kręgu ludzi.

Nun musste er hoffen, dass der Schlüsseldienst die Tür öffnen konnte.

Teraz musiał mieć nadzieję, że ślusarzowi uda się otworzyć drzwi.

Und er hoffte, der Arzt könne solche Aufgaben ausführen.

I miał nadzieję, że lekarz będzie w stanie wykonywać takie zadania.

Er würde bald wieder mehr reden müssen.

Wkrótce znów będzie musiał mówić więcej.

Seine Stimme musste so klar wie möglich sein.

Jego głos musiał być tak wyraźny, jak to tylko możliwe.

Zur Vorbereitung auf das Treffen räusperte er sich.

Aby przygotować się do spotkania, odchrząknął.

Er bemühte sich jedoch, nur sehr leise zu husten.

Starał się jednak kaszleć bardzo cicho.

Das Geräusch klang möglicherweise anders als ein menschlicher Husten.

Dźwięk ten mógł różnić się od kaszlu człowieka.

Er wusste, dass er solche Dinge nicht mehr unterscheiden konnte.

Wiedział, że nie będzie już w stanie odróżnić takich rzeczy.

Im Nebenzimmer war es vollkommen still geworden.

W sąsiednim pokoju zrobiło się zupełnie cicho.

Die Eltern saßen wahrscheinlich am Tisch.

Rodzice prawdopodobnie siedzieli przy stole.

Möglicherweise flüsterten sie mit dem Manager.

Być może szeptali z kierownikiem.

Vielleicht lehnten alle an der Tür und lauschten.

Być może wszyscy stali przy drzwiach i podsłuchiwali.

Gregor schob den Stuhl langsam in Richtung Tür.

Gregor powoli przesunął krzesło w stronę drzwi.

Er stemmte sich gegen die Tür und hielt sich aufrecht.

Naparł na drzwi i utrzymał równowagę.

Er stellte fest, dass sich an seinen Fußsohlen ein wenig Klebstoff befand.

Dowiedział się, że poduszki jego stóp mają odrobinę kleju.

Und er ruhte sich dort einen Moment lang von der Anstrengung aus.

I tam odpoczął na chwilę od wysiłku.

Nachdem er sich ausreichend ausgeruht hatte, begann er mit der nächsten Aufgabe.

Odpocząwszy wystarczająco, zabrał się za następne zadanie.

Er begann, den Schlüssel mit dem Mund im Schloss zu drehen.

Zaczął przekręcać klucz w zamku ustami.

Leider schien er gar keine Zähne zu haben.

Niestety, wyglądało na to, że nie miał prawdziwych zębów.

Aber welche andere Möglichkeit hätte er gehabt, an die Schlüssel zu gelangen?

Ale jaki inny sposób miał na zdobycie kluczy?

Zum Glück für ihn waren seine Kiefer natürlich sehr kräftig.

Na jego szczęście szczęki były bardzo silne.

Mit Hilfe seiner Kiefermuskeln brachte er den Schlüssel tatsächlich in Bewegung.

Za pomocą szczęk udało mu się wprawić klucz w ruch.

Er hatte keinen Zweifel daran, dass er sich damit auch selbst schadete.

Nie miał wątpliwości, że sam sobie szkodzi.

Weil eine braune Flüssigkeit aus seinem Mund kam.

Ponieważ z jego ust wydobywała się brązowa ciecz.

Die braune Flüssigkeit ergoss sich über den Schlüssel und die Tür hinunter.

Brązowa ciecz spłynęła po kluczu i po drzwiach.

Aber Gregor kümmerte es nicht, dass er sich selbst schadete.

Ale Gregorowi nie przeszkadzało to, że robi sobie krzywdę.

„Können Sie das hören?", fragte der Manager im Nebenraum.

„Słyszysz to?" zapytał menadżer w sąsiednim pokoju.

„Er dreht den Schlüssel um", hatte der Manager bemerkt.

„Przekręca kluczyk" – zauważył kierownik.

Diese Worte waren eine große Ermutigung für Gregor.

Te słowa były dla Gregora wielką zachętą.

Aber auch Vater und Mutter hätten rufen sollen:

Ale ojciec i matka powinni byli także zawołać:

„Gut gemacht, Gregor!", hätten sie ihm zurufen sollen.

„Dobrze, Gregor" – powinni byli do niego krzyknąć.

„Immer weiter, immer weiter am Schlüssel drehen, du schaffst das."

"Kontynuuj, przekręcaj kluczyk, dasz radę."

Stattdessen musste Gregor sich ihre Begeisterung vorstellen.

Zamiast tego Gregor musiał sobie wyobrazić ich podekscytowanie.

Er presste die Zähne zusammen mit aller Kraft, die er hatte.

Zacisnął szczęki z całej siły.

Und er drehte den Schlüssel weiter im Schloss.

I dalej kręcił kluczem w zamku.

Sein Körper wand sich schmerzhaft im Kreis.

Jego ciało boleśnie kręciło się w kółko.

Er konnte sich nur noch mit dem Mund aufrecht halten.

Teraz utrzymywał się w pozycji pionowej wyłącznie dzięki ustom.

Um den Schlüssel weiterzudrehen, drückte er gegen die Tür.

Aby kontynuować przekręcanie klucza, naciskał na drzwi.

Schließlich weckte das Knacken des Schlosses Gregor wieder auf.

W końcu trzask zamka ponownie obudził Gregora.

„Ich brauchte also keinen Schlüsseldienst", seufzte er erleichtert.

„Więc nie potrzebowałem ślusarza" – westchnął z ulgą.

Jetzt musste er nur noch die Tür öffnen, die er aufgeschlossen hatte.

Teraz musiał tylko otworzyć drzwi, które odblokował.

Und mit dem Kopf auf dem Türgriff öffnete er die Tür.

I opierając głowę na klamce, otworzył drzwi.

Er befand sich hinter der Tür, die in sein Zimmer führte.

Stał za drzwiami, które prowadziły do jego pokoju.

Die Tür war also schon offen, bevor man ihn sehen konnte.

Drzwi były więc otwarte zanim go zauważono.

Als Nächstes musste er sich um die Tür herummanövrieren.

Następnie musiał manewrować wokół drzwi.

Diese schwierige Bewegung erforderte auch viel Mühe.
Ten trudny ruch wymagał również wiele wysiłku.
Er wollte nicht ungeschickt in den nächsten Raum fallen.
Nie chciał niezgrabnie wejść do sąsiedniego pokoju.
So hatte er keine Zeit, sich auf irgendetwas anderes zu konzentrieren.
Nie miał więc czasu, by zwracać uwagę na cokolwiek innego.
Doch dann hörte er den Hauptsekretär laut „Oh!" ausrufen.
Ale potem usłyszał, jak starszy urzędnik głośno mówi: „Och!".
Es klang, als würde der Wind durchs Haus rauschen.
Słychać było szum wiatru w domu.
Er war zufällig derjenige, der der Tür am nächsten stand.
Tak się złożyło, że był najbliżej drzwi.
Und als er ihn nun sah, presste er die Hand an den Mund.
A teraz, widząc go, przyłożył mu rękę do ust.
Langsam bewegte er sich rückwärts, weg von Gregor.
Powoli zaczął się cofać, oddalając się od Gregora.
Aber es war, als ob eine unsichtbare Kraft auf ihn einwirkte.
Ale było tak, jakby na niego oddziaływała jakaś niewidzialna siła.
Das Erste, was die Mutter tat, war, den Vater anzusehen.
Pierwszą rzeczą, jaką zrobiła matka, było spojrzenie na ojca.
Trotz der Anwesenheit des Managers war ihr Haar zerzaust.
Pomimo obecności kierownika, jej włosy były potargane.
Sie verschränkte die Arme und machte zwei Schritte nach vorn.
Rozłożyła ramiona i zrobiła dwa kroki do przodu.
Doch dann brach sie mitten in ihrem Rock zusammen.
Ale potem osunęła się w środku spódnicy.
Ihr Kleid breitete sich um sie herum auf dem Boden aus.
Jej sukienka rozpostarła się wokół niej na podłodze.
Und ihr Kopf verschwand auf ihren eigenen Brüsten.
A jej głowa zniknęła w dół, na jej własnych piersiach.
Der Vater ballte mit feindseligem Gesichtsausdruck die Faust.
Ojciec zacisnął pięść i przybrał wrogi wyraz twarzy.
Er schien Gregor zurück in sein Zimmer drängen zu wollen.

Wydawało się, że chce, aby Gregor wrócił do swojego pokoju.
Dann blickte er unsicher im Wohnzimmer umher.
Następnie niepewnie rozejrzał się po salonie.
Und schließlich bedeckte er seine Augen mit den Händen.
Na koniec zasłonił oczy dłońmi.
Und er weinte bitterlich, bis seine mächtige Brust erbebte.
I płakał tak gorzko, że aż cała jego pierś drżała.
Gregor betrat ihr Zimmer tatsächlich gar nicht.
Gregor w ogóle nie wszedł do ich pokoju.
Stattdessen lehnte er sich an den Türrahmen.
Zamiast tego oparł się o framugę drzwi.
Von außen war nur die Hälfte seines Körpers sichtbar.
Tylko połowa jego ciała była widoczna dla osób znajdujących
się na zewnątrz.
**Und auf seinem Körper befand sich sein Kopf, zur Seite
geneigt.**
A na jego ciele znajdowała się głowa przechylona na bok.
Das Licht war inzwischen viel heller geworden als zuvor.
Teraz światło stało się o wiele jaśniejsze niż poprzednio.
Man konnte nun deutlich die andere Straßenseite sehen.
Teraz można było wyraźnie zobaczyć drugą stronę ulicy.
**Ein Teil des endlosen, grauen Krankenhauses gab sich zu
erkennen.**
Ukazał się fragment bezkresnego, szarego szpitala.
Der Morgenregen hatte noch nicht ganz aufgehört.
Poranny deszcz jeszcze całkowicie nie przestał padać.
**Doch nun waren die Regentropfen größer und weiter
voneinander entfernt.**
Ale teraz krople deszczu były większe i znajdowały się w
większej odległości od siebie.
Das Frühstücksbuffet war in Hülle und Fülle vorhanden.
Dania śniadaniowe były na stole w obfitości.
Der Vater hielt das Frühstück für die wichtigste Mahlzeit.
Ojciec uważał śniadanie za najważniejszy posiłek.
**Das Frühstück war eine Mahlzeit, die er stundenlang in die
Länge zog.**
Śniadanie było posiłkiem, który ciągnął się godzinami.

Und in diesen Stunden las er die verschiedenen Zeitungen.

A w tych godzinach czytał różne gazety.

Direkt gegenüber hing ein Foto von Gregor.

Na przeciwległej ścianie wisiało zdjęcie Gregora.

Das Foto an der Wand zeigte ihn als Leutnant.

Zdjęcie na ścianie przedstawiało go jako porucznika.

Es war ein Foto aus seiner Zeit beim Militär.

Było to zdjęcie z czasu, gdy służył w wojsku.

Seine Hand ruhte auf seinem Schwert, und er hatte ein unbeschwertes Lächeln im Gesicht.

Jego ręka spoczywała na mieczu, a na twarzy miał beztroski uśmiech.

Seine Haltung und seine Uniform flößten einen gewissen Respekt ein.

Jego postawa i mundur wymagały pewnego szacunku.

Die andere Tür, die zum Vorzimmer führte, war ebenfalls offen.

Drugie drzwi prowadzące do przedpokoju również były otwarte.

Und die Tür zur Wohnung war auch noch offen.

A drzwi do mieszkania również były nadal otwarte.

Man konnte bis zum Vorhof des Wohnhauses sehen.

Widok rozciągał się aż do dziedzińca apartamentu.

Und dann führte die Treppe hinunter auf die Straße.

A potem schody prowadziły w dół, na ulicę.

Gregor war der Einzige, der die Fassung bewahrt hatte.

Gregor był jedyną osobą, która zachowała spokój.

Er hat das gesehen, daher lag die Verantwortung für das Gespräch bei ihm.

Widział to, więc rozmowa stała się jego odpowiedzialnością.

"So, ich werde mich jetzt für die Arbeit anziehen", sagte er.

„No to teraz ubiorę się do pracy" – powiedział.

„Sobald ich die Textilmuster verpackt habe, werde ich abreisen."

„Po spakowaniu próbek tekstyliów wyjdę."

"Beabsichtigen Sie immer noch, mich zu entlassen, Herr Prokurist?"

„Czy nadal zamierza mnie pan zwolnić, panie Prokurist?"
„Wie Sie sehen, bin ich nicht so stur, wie Sie dachten."
„Jak widzisz, nie jestem tak uparty, jak myślałeś."
„Und Sie können sehen, dass ich doch gerne arbeite."
„I widzisz, że jednak lubię pracować".
„Ich kann zugeben, dass Reisen aus beruflichen Gründen nicht einfach ist."
„Mogę przyznać, że podróżowanie służbowe nie jest łatwe."
„Aber ich kann auch akzeptieren, dass es Teil meines Jobs ist."
„Ale mogę też zaakceptować, że to część mojej pracy".
"Manager, wo gehen Sie hin? Zurück ins Büro?"
„Menadżer, dokąd idziesz? Do biura?"
„Werden Sie alles, was Sie gesehen haben, wahrheitsgemäß berichten?"
„Czy zeznasz zgodnie z prawdą o wszystkim, co widziałeś?"
„Manchmal kommt es vor, dass man nicht zur Arbeit gehen kann."
„Czasami zdarza się, że nie jesteśmy w stanie pójść do pracy."
„Das ist der richtige Zeitpunkt, um sich an vergangene Erfolge zu erinnern."
„To właściwy moment, aby przypomnieć sobie minione osiągnięcia".
„Nachdem die Schwierigkeit beseitigt wurde, funktioniert es sogar noch besser."
„Po usunięciu trudności działa się jeszcze lepiej".
„Mein Fleiß und meine Konzentration werden zunehmen."
„Moja pracowitość i koncentracja wzrosną".
"Sie wissen ganz genau, dass ich dem Chef etwas schulde."
„Dobrze wiesz, że jestem wdzięczny szefowi".
„Aber ich mache mir auch Sorgen um meine Eltern und meine Schwester."
„Ale martwię się też o moich rodziców i siostrę".
„Ich stecke in einer schwierigen Lage, aber ich werde einen Weg finden, da wieder herauszukommen."
„Jestem w trudnej sytuacji, ale dam sobie radę".
„Macht es nicht noch schwieriger, als es ohnehin schon ist."

„Nie utrudniaj tego bardziej, niż jest."

„Als Kollegen müssen wir uns auch gegenseitig helfen."

Jako współpracownicy musimy sobie nawzajem pomagać.

„Ich weiß, dass die Büroangestellten die Reisenden nicht mögen."

„Wiem, że pracownicy biurowi nie lubią podróżnych".

„Ihr glaubt, wir verdienen ein Vermögen und führen ein gutes Leben."

„Myślisz, że zarabiamy fortunę i prowadzimy dobre życie."

„Sie haben keinen wirklichen Grund, ihre Vorurteile zu hinterfragen."

„Nie mają żadnego powodu, żeby brać pod uwagę swoje uprzedzenia".

„Sie als befugter Beamter haben jedoch eine andere Rolle."

„Ale ty, upoważniony oficer, masz inną rolę."

„Sie haben einen besseren Überblick als die anderen Mitarbeiter."

„Masz lepszy ogląd sytuacji niż pozostali pracownicy."

„Tatsächlich glaube ich, dass Sie den besten Überblick haben."

„Myślę, że tak naprawdę masz najlepszy ogląd sytuacji."

„Sie haben einen besseren Überblick als der Chef selbst."

„Masz lepszy ogląd sytuacji niż sam szef."

„Ich gebe zu, dass der Chef die unternehmerische Arbeit leistet."

„Przyznaję, że szef zajmuje się pracą przedsiębiorczą".

„Aber es ist leicht, dass seine Urteile in die Irre geführt werden."

„Jednak jego osądy łatwo mogą zostać zwiedzione".

„Und diese kleinen Fehleinschätzungen können uns zum Nachteil gereichen."

„A te drobne pomyłki mogą okazać się dla nas niekorzystne".

„Sie wissen ja, wie leicht es ist, über den Reisenden zu sprechen."

„Wiesz, jak łatwo jest mówić o podróżniku."

„Er ist nicht da, um seinen Ruf vor Gerüchten zu verteidigen."

„Nie jest tam po to, by bronić swojej reputacji przed
plotkami".
„Diese Anschuldigungen können leicht nur Zufälle sein."
„Te oskarżenia równie dobrze mogą być po prostu zbiegiem
okoliczności".
**„Viele Beschwerden beruhen nicht einmal auf irgendeiner
Wahrheit."**
„Wiele skarg nie ma żadnego oparcia w prawdzie".
„Er ist fast das ganze Jahr über nicht im Büro."
„Prawie przez cały rok go nie było w biurze".
Welche Chance hat er, seinen Ruf zu verteidigen?
„Jakie ma szanse na obronę własnej reputacji?"
„Er erfährt gar nichts von den Anschuldigungen."
„Nie ma nawet okazji usłyszeć o oskarżeniach".
„Er erfährt erst, was gesagt wurde, wenn es zu spät ist."
„Dowiaduje się, co zostało powiedziane, gdy jest już za
późno".
**„Zu diesem Zeitpunkt ist er von der Tagesreise völlig
erschöpft."**
„W tym momencie jest już wyczerpany po całodziennej
podróży".
**„Er muss die schrecklichen Konsequenzen trotzdem am
eigenen Leib erfahren."**
„Tak czy inaczej będzie musiał doświadczyć strasznych
konsekwencji".
**„Auch wenn er keine Möglichkeit hat, das Problem zu
verstehen."**
„Chociaż nie ma sposobu, aby zrozumieć problem".
"Oh Manager, gehen Sie nicht, ohne mir ein Wort zu sagen."
„Och, menadżerze, nie odchodź, nie mówiąc mi ani słowa."
„Sag mir wenigstens, dass du mir teilweise zustimmst."
„Powiedz mi przynajmniej, że częściowo się ze mną
zgadzasz."
**Der Manager hatte sich aber schon viel früher von Gregor
abgewandt.**
Ale kierownik odwrócił się od Gregora dużo wcześniej.
Seine Schulter zuckte, als er Gregor anblickte.

Jego ramię drgnęło, gdy spojrzał na Gregora.

Und er blieb während der gesamten Rede kein einziges Mal stehen.

I ani razu nie zatrzymał się podczas przemówienia.

Er hatte Gregor mit zusammengepressten Lippen angesehen.

Spojrzał na Gregora, zaciskając usta.

Er hatte sich allmählich in Richtung Tür zurückgezogen.

Stopniowo wycofywał się w kierunku drzwi.

Aber auch er konnte den Blick nicht von Gregor abwenden.

Ale nie mógł też oderwać oczu od Gregora.

Er hatte das Gefühl, es gäbe ein geheimes Verbot, den Raum zu verlassen.

Miał wrażenie, że obowiązuje jakiś sekretny zakaz opuszczania pokoju.

Zu diesem Zeitpunkt befand er sich aber bereits in der Eingangshalle.

Ale na tym etapie był już w holu wejściowym.

Und nun machte er eine plötzliche Bewegung in Richtung Ausgang.

I teraz wykonał gwałtowny ruch w stronę wyjścia.

Er streckte seine rechte Hand in Richtung der Treppe aus.

Wyciągnął prawą rękę w stronę schodów.

Vielleicht wartete eine übernatürliche Macht darauf, ihn zu retten.

Być może jakaś nadprzyrodzona siła czekała, żeby go uratować.

Gregor wusste, dass er ihn so nicht gehen lassen konnte.

Gregor wiedział, że nie może pozwolić mu odejść w ten sposób.

Der Manager darf nicht in der Stimmung zurückkehren, in der er sich befand.

Kierownik nie może wrócić w takim nastroju, w jakim był.

Gregors Arbeitsplatz war stark gefährdet.

Bezpieczeństwo pracy Gregora było bardzo zagrożone.

Die Eltern konnten das alles nicht vollständig verstehen.

Rodzice nie mogli w pełni tego wszystkiego zrozumieć.

Über die Jahre hatten sie sich an seine Arbeitsplatzsicherheit gewöhnt.

Z biegiem lat przyzwyczaili się do bezpieczeństwa jego pracy.

Und sie waren davon überzeugt, dass er den Job auf Lebenszeit hatte.

I byli przekonani, że ma tę pracę na całe życie.

Stattdessen hatten sie sich mit anderen Sorgen beschäftigt.

Zamiast tego zajęli się innymi zmartwieniami.

Doch diese Bedenken führten dazu, dass sie jegliche Weitsicht verloren.

Ale obawy te sprawiły, że stracili wszelką przewidywalność.

Gregor hatte jedoch die elterliche Weitsicht nicht verloren.

Gregor jednak nie stracił rodzicielskiej przezorności.

Jemand musste den Bevollmächtigten stoppen.

Ktoś musiał zatrzymać upoważnionego przedstawiciela.

Er musste ihn beruhigen und überzeugen.

Musiał go uspokoić i przekonać.

Davon hing die Zukunft von Gregor und seiner Familie ab!

Od tego zależała przyszłość Gregora i jego rodziny!

Wenn doch nur die kluge Schwester da gewesen wäre, um zu helfen.

Gdyby tylko ta inteligentna siostra była tu, żeby pomóc.

Sie hatte schon geweint, als Gregor noch in seinem Zimmer war.

Płakała już, gdy Gregor był jeszcze w swoim pokoju.

Zu diesem Zeitpunkt lag er einfach nur ruhig auf dem Rücken.

W tym momencie po prostu leżał spokojnie na plecach.

Sie wusste damals schon um die Bedeutung der Situation.

Już wtedy zdawała sobie sprawę z powagi sytuacji.

Der Manager hatte bekanntermaßen eine Schwäche für Frauen.

Menedżer był znany z tego, że miał słabość do kobiet.

Sie hätte ihn leicht dazu überreden können, länger zu bleiben.

Mogła go z łatwością namówić, żeby został dłużej.

Sie hätte die Tür geschlossen und ihn wieder hineingeführt.

Zamknęłaby drzwi i pozwoliła mu wrócić do środka.

Doch leider war die Schwester bereits aufgebrochen, um einen Arzt zu holen.

Ale niestety siostra poszła po lekarza.

Deshalb blieb Gregor nichts anderes übrig, als es selbst zu tun.

Gregor nie miał więc innego wyboru, jak tylko to zrobić samemu.

Er hatte nicht bedacht, welche Fähigkeiten er tatsächlich besaß.

Nie zastanowił się nad tym, jakie są jego prawdziwe zdolności.

Und er hatte vergessen, seiner Fähigkeit zu sprechen zu misstrauen.

I zapomniał, że nie powinien ufać swojej zdolności mówienia.

Dennoch verließ er die Sicherheit seines Zimmers.

Mimo wszystko opuścił bezpieczeństwo swojego pokoju.

Und er drängte sich durch die Öffnung des Zimmers.

I przepchnął się przez otwór w pokoju.

Der Manager war bereits auf dem Weg die Treppe hinunter.

Kierownik już schodził po schodach.

Aber er hielt sich mit beiden Händen am Geländer fest.

Ale on trzymał się poręczy obiema rękami.

Gregor stürzte, als er sich durch die Tür schob.

Gregor upadł, gdy przepychał się przez drzwi.

Er stieß einen kleinen Schrei aus, als er nach Halt griff.

Wydał z siebie cichy krzyk i chwycił się czegoś, co miało pomóc mu w podtrzymaniu się.

Doch anstatt in Panik zu geraten, verspürte er ein körperliches Wohlbefinden.

Jednak zamiast paniki czuł fizyczne dobre samopoczucie.

Zum ersten Mal an diesem Morgen fühlte sich etwas richtig an.

Po raz pierwszy tego ranka poczułam, że coś jest na rzeczy.

Alle seine Beine standen nun auf festem Boden.

Teraz wszystkie jego nogi miały pod sobą stały grunt.

Er war überrascht, wie gut er seine Beine kontrollieren konnte.

Zdziwił się, jak dobrze potrafił kontrolować swoje nogi.

Er freute sich, festzustellen, dass seine Beine ihm vollkommen gehorchten.

Z radością zauważył, że nogi całkowicie mu posłuszne.

Tatsächlich trugen ihn seine Beine überall hin, wo er hinwollte.

W rzeczywistości jego nogi same go niosły, dokądkolwiek chciał.

Bald würden all seine Sorgen ein Ende finden.

Wkrótce wszystkie jego smutki miały się skończyć.

Doch im selben Augenblick sprang seine eigene Mutter auf.

Ale w tej samej chwili jego własna matka zerwała się na równe nogi.

Ihre Arme waren ausgestreckt und ihre Finger gespreizt.

Jej ramiona były wyciągnięte, a palce rozwarte.

Und sie schrie: „Hilfe, um Gottes willen, helft mir!"

I krzyknęła: „Ratunku! Na miłość boską, niech ktoś pomoże!"

Sie neigte den Kopf; sie wollte Gregor besser sehen.

Przechyliła głowę, chciała lepiej widzieć Gregora.

Doch im Gegensatz zu ihrer ersten Handlung rannte sie zurück.

Jednak w odpowiedzi na pierwszą akcję pobiegła z powrotem.

Sie hatte vergessen, dass der Tisch hinter ihr gedeckt war.

Zapomniała, że za nią stał stół.

Alle Speisen fürs Frühstück standen noch auf dem Tisch.

Wszystkie rzeczy potrzebne na śniadanie nadal były na stole.

Sie setzte sich hastig auf den Tisch, als sei sie abgelenkt.

Szybko usiadła na stole, jakby czymś roztargniona.

Und sie schien den verschütteten Kaffee nicht zu bemerken.

I zdawała się nie zauważać rozlanej kawy.

Der Kaffee, der inzwischen in den Teppich eingezogen war.

Kawa wsiąkała w dywan.

„Mutter, Mutter", sagte Gregor leise und blickte zu ihr auf.

„Mamo, mamo" – powiedział Gregor cicho, patrząc na nią.

Im Moment war ihm der Manager nicht wichtig.

W tej chwili menadżer nie był dla niego najważniejszy.

Aber da war auch noch der Kaffee, der auf den Teppich tropfte.

Ale była też kawa kapiąca na dywan.

Gregor konnte nicht widerstehen und schnappte nach dem Kaffee.

Gregor nie mógł się powstrzymać od kłapnięcia szczęką po łyku kawy.

Die Mutter fing wegen seines Verhaltens wieder an zu weinen.

Matka znowu zaczęła płakać z powodu jego zachowania.

Sie sprang vom Tisch, um Abstand von ihm zu gewinnen.

Zeskoczyła ze stołu, żeby oddalić się od niego.

Und sie rannte in die Arme ihres Vaters, um Schutz zu suchen.

I pobiegła w ramiona ojca, szukając bezpieczeństwa.

Doch Gregor hatte jetzt keine Zeit mehr für seine Eltern.

Ale Gregor nie mógł już poświęcać rodzicom czasu.

Der zuständige Beamte befand sich bereits auf der Treppe.

Upoważniony funkcjonariusz był już na schodach.

Er hatte sein Kinn auf dem Geländer, um ins Haus zu schauen.

Oparł brodę o balustradę, żeby zajrzeć do domu.

Offenbar wollte er sich das Spektakel noch ein letztes Mal ansehen.

Najwyraźniej chciał po raz ostatni spojrzeć na to widowisko.

Und Gregor unternahm einen letzten Versuch, den Manager zu erreichen.

Gregor podjął ostatnią próbę skontaktowania się z kierownikiem.

Er rannte so sicher wie möglich zur Tür.

Pobiegł w stronę drzwi tak bezpiecznie, jak tylko potrafił.

Aber der Hauptsekretär muss etwas geahnt haben.

Ale starszy urzędnik musiał coś podejrzewać.

Denn er sprang mehrere Stufen hinunter und verschwand.

Ponieważ zeskoczył kilka schodów i zniknął.

"Huh!", rief Gregor, und sein Ruf hallte durch das
Treppenhaus.

"Hę!" krzyknął Gregor, odbijając się echem po klatce
schodowej.

**Die Flucht des Managers schien auch seinen Vater zu
verwirren.**

Ucieczka menedżera najwyraźniej zdezorientowała także jego
ojca.

Bis dahin war es ihm gelungen, recht gefasst zu bleiben.

Do tej pory udawało mu się zachować spokój.

**Doch leider verlor auch er die Fassung, die er zuvor
besessen hatte.**

Ale niestety i on stracił opanowanie, które miał.

Er hätte Gregor bei seinem Vorhaben helfen sollen.

Powinien był pomóc Gregorowi w jego dążeniu.

Doch er packte den Gehstock des Managers mit einer Hand.

Jednak jedną ręką chwycił laskę menedżera.

In seiner anderen Hand hielt er nun eine Zeitung.

A w drugiej ręce trzymał teraz gazetę.

Und nun behinderte er Gregor direkt bei seinem Vorhaben.

I teraz wprost przeszkodził Gregorowi w jego dążeniu.

Er hatte sich zwischen Gregor und die Straße gestellt.

Ustawił się między Gregorem a ulicą.

**Er stampfte mit den Füßen auf und fuchtelte mit dem Stock
und der Zeitung herum.**

Tupał nogami, machał kijem i gazetą.

Und er zwang Gregor aktiv zurück in sein Zimmer.

I aktywnie zmuszał Gregora, żeby wrócił do swojego pokoju.

Keine der Bitten, die Gregor äußerte, half.

Żadna z próśb Gregora nie okazała się pomocna.

Weil keines seiner Anliegen verstanden wurde.

Ponieważ żadna z jego próśb nie została zrozumiana.

Er wandte den Kopf in eine tiefere, demütigere Haltung.

Obrócił głowę pod głębszym, skromniejszym kątem.

**Doch sein Vater antwortete, indem er noch heftiger mit den
Füßen aufstampfte.**

Ale jego ojciec odpowiedział, tupiąc nogami jeszcze mocniej.

Die Mutter öffnete trotz des kühlen Wetters ein Fenster.
Matka otworzyła okno, mimo że było chłodno.
Und sie presste ihr Gesicht in die Hände vor Kälte.
I przycisnęła twarz do dłoni, by odetchnąć z zimna.
Der Wind konnte nun durch die gesamte Wohnung strömen.
Wiatr mógł teraz przejść przez całe mieszkanie.
Ein starker Luftzug wehte vom Treppenhaus in die Gasse.
Od strony schodów w stronę zaułka wiał silny przeciąg.
Die Vorhänge wurden vom starken Wind hin und her bewegt.
Zasłony łopotały na silnym wietrze.
Und die Zeitung auf dem Tisch raschelte im Wind.
A gazeta na stole szeleściła na wietrze.
Sogar einige Blätter wurden von draußen ins Haus geweht.
Nawet niektóre liście zostały wniesione do domu z zewnątrz.
Der Vater stampfte mit den Füßen und schob unerbittlich.
Ojciec tupał nogami i parł bezlitośnie.
Und er zischte und gab Geräusche von sich, wie es ein Wilder tun würde.
I syczał i wydawał odgłosy, jakie mógłby wydawać dzikus.
Gregor hatte das Rückwärtsgehen aber noch nicht geübt.
Ale Gregor nie ćwiczył jeszcze chodzenia tyłem.
Selbst Gregor würde zugeben, dass diese Bewegung wesentlich langsamer vonstatten ging.
Nawet Gregor przyznałby, że ten ruch był znacznie wolniejszy.
Doch alles, was er wollte, war die Gelegenheit, umzukehren.
Jednak wszystko, czego chciał, to możliwość zawrócenia.
Dann wäre er sofort in sein Zimmer gegangen.
Wtedy poszedłby od razu do swojego pokoju.
Aber er hatte zu große Angst, seinen Vater ungeduldig zu machen.
Ale bał się, że ojciec straci cierpliwość.
Und es bestand die Drohung mit einem Schlag mit dem Stock.
I była groźba uderzenia kijem.
Ein solcher Schlag auf den Hinterkopf könnte tödlich sein.

Takie uderzenie w tył głowy może być śmiertelne.

Am Ende blieb Gregor jedoch keine andere Wahl.

Ale ostatecznie Gregor nie miał innego wyboru.

Ihm wurde klar, dass er nicht einmal mehr geradeaus rückwärts gehen konnte.

Zdał sobie sprawę, że nie potrafi nawet chodzić tyłem prosto.

Er begann sich so schnell wie möglich umzudrehen.

Zaczął się odwracać tak szybko, jak tylko mógł.

Doch in Wirklichkeit war diese Drehbewegung genauso langsam.

Ale w rzeczywistości ten ruch obrotowy był równie powolny.

Und ihm folgten die besorgten Blicke des Vaters.

A za nim podążały zaniepokojone spojrzenia ojca.

Vielleicht bemerkte der Vater Gregors gute Absichten.

Być może ojciec dostrzegł dobre intencje Gregora.

Weil er ihn nicht daran hinderte, sich umzudrehen.

Ponieważ nie przeszkodził mu się odwrócić.

Er benutzte sogar die Spitze seines Stocks, um die Drehung zu steuern.

Użył nawet czubka kija, aby nadać rotacji kierunek.

Gregor wünschte sich aber dennoch, sein Vater hätte ihn nicht angefaucht!

Ale Gregor nadal żałował, że ojciec na niego syknął!

Das Zischen trug nur noch zur Verwirrung des Augenblicks bei.

Syczenie tylko potęgowało zamieszanie.

Und dann unterlief ihm ein Fehler, und er bog in die falsche Richtung ab.

A potem popełnił błąd i skręcił w złą stronę.

Am Ende gelang es ihm schließlich doch, den richtigen Weg einzuschlagen.

W końcu udało mu się stanąć na właściwej drodze.

Und er war zufrieden mit den Fortschritten, die er gemacht hatte.

I był zadowolony z postępów, jakie poczynił.

Doch dann trat das nächste Problem noch deutlicher zutage.

Ale potem pojawił się kolejny problem, który stał się jeszcze bardziej widoczny.

Sein Körper war zu breit, um problemlos durch die Tür zu passen.

Jego ciało było zbyt szerokie, aby łatwo przejść przez drzwi.

In seinem jetzigen Zustand bemerkte der Vater dies nicht.

W obecnym stanie ojciec tego nie zauważył.

Deshalb kam es ihm nicht in den Sinn, die Tür weiter zu öffnen.

Więc nie przyszło mu do głowy, żeby otworzyć drzwi szerzej.

Dann wäre genügend Platz für Gregor gewesen.

Wtedy byłoby wystarczająco dużo miejsca dla Gregora.

Seine einzige Priorität war es, Gregor in sein Zimmer zu bringen.

Jego jedynym priorytetem było zapewnienie Gregorowi miejsca w pokoju.

Er hätte aufstehen müssen, um durch die Tür zu passen.

Musiałby stać, żeby przejść przez drzwi.

Der Vater hätte ein solches Manöver jedoch nicht zugelassen.

Ale ojciec nie pozwoliłby na taki manewr.

Tatsächlich fauchte er ihn noch heftiger an als zuvor.

Właściwie syczał na niego jeszcze dziko niż wcześniej.

Es klang nach mehr als nur einem Mann, der ihn anzischt.

Brzmiało to tak, jakby syczało na niego więcej niż jeden mężczyzna.

Seine Forderungen schienen nun an Dringlichkeit gewonnen zu haben.

Wydawało się, że jego żądania nabrały nowej pilności.

Für Spielereien war jetzt wirklich keine Zeit mehr.

Naprawdę nie było już czasu na żadne wygłupy.

Was auch immer geschah, Gregor musste durch die Tür gelangen.

Cokolwiek się wydarzyło, Gregor musiał przejść przez drzwi.

Er kämpfte sich ohne jegliche Rücksicht auf sich selbst durch.

Przeszedł przez to wszystko bez żadnego szacunku do siebie.

Durch die Bewegung wurde eine Seite seines Körpers nach oben gedrückt.

Ruch ten wymusił uniesienie jednej strony jego ciała.

Und er lag unbeholfen und schief zwischen den Türrahmen.

A on leżał niezgrabnie i krzywo pomiędzy drzwiami.

Eine seiner Flanken war am Holz wundgescheuert.

Jeden z jego boków był obtarty do żywego o drewno.

Und er hatte hässliche Flecken auf der weiß gestrichenen Tür hinterlassen.

A na pomalowanych na biało drzwiach zostawił brzydkie plamy.

Auf einer Seite seines Körpers hingen die Beine zitternd in der Luft.

Nogi po jednej stronie drżały i zawisały w powietrzu.

Seine anderen Beine drückten schmerzhaft gegen den Boden.

Pozostałe nogi boleśnie wciskał w podłogę.

Bald würde er vollständig zwischen den Türen eingeklemmt sein.

Już za chwilę miał zostać całkowicie uwięziony w drzwiach.

Und dann hätte er sich überhaupt nicht mehr bewegen können.

A wtedy nie mógłby się w ogóle ruszyć.

Doch der Vater gab ihm einen wahrhaft befreienden, starken Anstoß.

Ale ojciec dał mu naprawdę wyzwalającego, silnego kopa.

Und er stürzte, stark blutend, tief in sein Zimmer hinein.

I upadł, mocno krwawiąc, głęboko w głąb swojego pokoju.

Der Vater knallte die Tür hinter sich mit seinem Stock zu.

Ojciec zatrzasnął za sobą drzwi laską.

Und dann kehrte endlich wieder Ruhe ein.

I w końcu znów zapanował spokój i cisza.

Teil Zwei
Część druga

Gregor wachte erst viel später am Tag auf.

Gregor obudził się dopiero o wiele później.

Die Dämmerung war hereingebrochen; er hatte tief und fest geschlafen.

Zapadł zmrok. Spał ciężko i nieprzytomnie.

Er wäre auch ohne Störung aufgewacht.

Obudziłby się nawet gdyby nikt mu nie przeszkadzał.

Denn er fühlte sich ausreichend ausgeruht und gut geschlafen.

Ponieważ czuł się dostatecznie wypoczęty i dobrze wyspany.

Aber er glaubte, draußen flüchtige Schritte zu hören.

Ale zdawało mu się, że słyszy jakieś ulotne kroki na zewnątrz.

Und vielleicht hat jemand die Haustür sorgfältig geschlossen.

A ktoś mógł ostrożnie zamknąć drzwi wejściowe.

Das Licht der elektrischen Straßenbahn lag blass an der Decke.

Światło tramwaju elektrycznego padało blade na sufit.

Auch die Oberseite der Möbel wurde ein wenig beleuchtet.

Górna część mebli również otrzymała odrobinę światła.

Doch unten am Boden, auf Gregors Höhe, war es dunkel.

Ale na dole, na poziomie Gregora, było ciemno.

Seine Beine schoben ihn langsam wieder in Richtung Tür.

Jego nogi powoli popychały go z powrotem w stronę drzwi.

Er war sehr neugierig, zu sehen, was dort geschehen war.

Był bardzo ciekaw, co się tam wydarzyło.

Seine Kontrolle über seine Fühler war jedoch noch nicht entwickelt.

Jednak jego kontrola nad czułkami nie była jeszcze w pełni rozwinięta.

Obwohl er diese neuen Sensoren allmählich zu schätzen begann.

Chociaż zaczął doceniać te nowe czujniki.

Eine lange, unansehnliche Narbe schien seine linke Seite hinunterzulaufen.

Długa, nieprzyjemna blizna zdawała się biec wzdłuż jego lewej strony.

Die Narbe fühlte sich an, als würde sie diese Seite seines Körpers einengen.

Blizna sprawiała wrażenie, jakby napinała tę stronę jego ciała.

Und so musste er buchstäblich auf seinen zwei Beinreihen humpeln.

Musiał więc dosłownie utykać na dwa rzędy nóg.

Eines seiner Beine war an diesem Morgen schwer verletzt worden.

Tego ranka doznał poważnego urazu jednej z jego nóg.

Es war wirklich ein Wunder, dass er sich nicht noch mehr Beine gebrochen hatte.

To naprawdę cud, że nie złamał więcej nóg.

Und so schleppte er sein verletztes Bein leblos hinter sich her.

I tak ciągnął za sobą bezwładnie zranioną nogę.

Als er die Tür erreichte, erkannte er etwas Tiefgreifendes.

Gdy dotarł do drzwi, uświadomił sobie coś głębokiego.

Es war der Geruch von etwas, der ihn dorthin gelockt hatte.

To był zapach czegoś, co go tam zwabiło.

In Gregors Zimmer war etwas Essbares für ihn hinterlassen worden.

W pokoju Gregora zostawiono coś jadalnego.

Stückchen Weißbrot schwimmen in einer Schüssel mit süßer Milch.

Kawałki białego chleba pływające w misce ze słodkim mlekiem.

Er konnte seine innere Freude kaum verbergen.

Ledwo mógł powstrzymać radość, która go ogarnęła.

Er war jetzt noch hungriger als am Morgen.

Teraz był jeszcze bardziej głodny niż rano.

Er tauchte sofort seinen Kopf in die Schüssel mit Milch.

Natychmiast zanurzył głowę w misce z mlekiem.

Die Milch quoll ihm fast über den ganzen Kopf, bis zu den Augen.

Mleko wylewało się niemal z całej jego głowy, aż po oczy.

Doch schon bald riss er den Kopf zurück, bitter enttäuscht.

Jednak wkrótce odchylił głowę, bardzo rozczarowany.

Das Essen war aufgrund seiner empfindlichen linken Seite schwierig.

Jedzenie było trudne ze względu na delikatną lewą stronę ciała.

Und er konnte nur essen, indem er mit dem ganzen Körper keuchte.

A jeść mógł tylko dysząc całym ciałem.

Das war jedoch nicht der wahre Grund für seine Enttäuschung.

Ale to nie był prawdziwy powód jego rozczarowania.

Milch war schon immer eines seiner Lieblingsgerichte gewesen.

Mleko zawsze było jego ulubioną potrawą.

Er hatte keinen Zweifel daran, dass seine Schwester sich daran erinnerte.

Nie miał wątpliwości, że jego siostra o tym pamiętała.

Und das war der Grund, warum sie ihm Milch gegeben hatte.

I dlatego dała mu mleko.

Er konnte nicht erklären, warum er Milch jetzt nicht mehr mochte.

Nie potrafił wyjaśnić, dlaczego teraz nie lubi mleka.

Und er wandte sich fast widerwillig von der Schüssel ab.

I odwrócił się od miski niemal niechętnie.

Enttäuscht kroch er zurück in die Mitte des Raumes.

Zawiedziony, wrócił na środek pokoju.

Hier konnte er durch den Türspalt hindurchsehen.

Tutaj mógł widzieć przez szczelinę w drzwiach.

Er konnte sehen, dass im Wohnzimmer das Feuer brannte.

Widział, że w salonie płonie ogień.

Gewöhnlich las der Vater um diese Zeit die Zeitung.

Zazwyczaj o tej porze ojciec czytał gazetę.

Er las seiner Mutter immer mit erhobener Stimme vor.
Zawsze czytał matce podniesionym głosem.
Manchmal lauschte auch die Schwester dem Vater.
Czasami siostra także podsłuchiwała ojca.
Sie hatte Gregor immer von diesem Vorlesen erzählt.
Zawsze opowiadała Gregorowi o tym czytaniu na głos.
Doch heute war aus dem Zimmer kein Laut zu hören.
Ale dziś z pokoju nie dochodził żaden dźwięk.
Vielleicht war diese Gewohnheit bereits in Vergessenheit geraten.
Być może ten zwyczaj już dawno wyszedł z użycia.
Eine tiefe Stille hatte sich über die gesamte Wohnung gelegt.
W całym mieszkaniu zapadła głęboka cisza.
Obwohl er wusste, dass die Wohnung ganz sicher nicht leer war.
Choć wiedział, że mieszkanie na pewno nie jest puste.
„Was für ein ruhiges Leben die Familie doch führte", dachte Gregor.
„Jakie spokojne życie wiedzie ta rodzina" – pomyślał Gregor.
Und er blickte mit großem Stolz in die Dunkelheit.
I z wielką dumą wpatrywał się w ciemność.
Er war stolz auf das Leben, das er ihnen hatte ermöglichen können.
Był dumny z życia, jakie mógł im dać.
Er war stolz auf die schöne Wohnung, in der sie lebten.
Był dumny z pięknego mieszkania, w którym mieszkali.
Doch sollte dieser Frieden nun ein schreckliches Ende nehmen?
Czy jednak cały ten pokój miał się wkrótce skończyć w tak straszny sposób?
Würde man ihnen ihren Wohlstand nehmen?
Czy ich dobrobyt zostanie im odebrany?
War ihre Zufriedenheit nun in Zukunft ungewiss?
Czy ich zadowolenie było teraz niepewne w przyszłości?
Doch er wollte sich nicht in solchen Gedanken verlieren.
Ale nie chciał pogrążać się w takich myślach.

Um sich die Zeit zu vertreiben, kroch er die Wände rauf und runter.

Aby się czymś zająć, wspinał się i schodził po ścianach.

Im Laufe des langen Abends wurde eine Tür einen Spalt breit geöffnet.

Podczas długiego wieczoru jedne drzwi były lekko uchylone.

Und zu einem anderen Zeitpunkt öffnete sich die andere Tür einen Spaltbreit.

A innym razem drugie drzwi lekko się uchyliły.

Doch beide Male wurden die Türen schnell wieder geschlossen.

Ale w obu przypadkach drzwi szybko się zamykały.

Offenbar hatte jemand draußen den Wunsch, hereinzukommen.

Najwyraźniej ktoś z zewnątrz miał ochotę wejść do środka.

Aber sie hatten auch zu viele Bedenken, hereinzukommen.

Ale mieli też zbyt wiele obaw związanych z przyjazdem.

Gregor blieb nun direkt vor der Wohnzimmertür stehen.

Gregor zatrzymał się tuż przed drzwiami salonu.

Er war fest entschlossen, den zögernden Besucher irgendwie zu verführen.

Postanowił w jakiś sposób skusić wahającego się gościa.

Und er wollte auch wissen, wer der Besucher gewesen war.

Chciał też wiedzieć, kim był ten gość.

Doch an diesem Abend wurde die Tür kein drittes Mal geöffnet.

Ale tego wieczoru drzwi nie zostały otwarte po raz trzeci.

Und Gregor verbrachte seine Zeit vergeblich damit, an der Tür zu warten.

A Gregor czekał przy drzwiach na próżno.

Früher am Tag wollten sie alle in den Raum kommen.

Wcześniej tego dnia wszyscy chcieli wejść do pokoju.

Jetzt, da die Türen unverschlossen waren, würde es ihnen leichter fallen.

Teraz, gdy drzwi były otwarte, było im łatwiej.

Aber sie entschieden sich dafür, auf der anderen Seite des Raumes zu bleiben.

Jednak oni woleli pozostać po drugiej stronie pokoju.
Gregor bemerkte, dass die Schlüssel nicht mehr in ihren Schlössern steckten.
Gregor zauważył, że w zamkach nie ma już kluczy.
Jemand muss die Schlüssel zum Außenschloss umgesteckt haben.
Ktoś musiał przełożyć klucze do zewnętrznego zamka.
Erst spät in der Nacht wurde das Licht im Wohnzimmer ausgeschaltet.
Światło w salonie wyłączano dopiero późnym wieczorem.
Die Familie muss die ganze Zeit wach geblieben sein.
Rodzina musiała nie spać przez cały czas.
Und Gregor konnte deutlich hören, wie sie sich auf Zehenspitzen davonschlichen.
Gregor wyraźnie słyszał, jak odchodzą na palcach.
Nun würde bis zum Morgen niemand zu Gregor kommen.
Teraz nikt nie przyjdzie do Gregora aż do rana.
So hatte er lange Zeit für sich, um ungestört nachzudenken.
Dzięki temu miał dużo czasu dla siebie, by spokojnie pomyśleć.
Wie könnte man sein Leben jetzt am besten neu ordnen?
Jaki byłby teraz najlepszy sposób na reorganizację jego życia?
Doch die hohen Wände des leeren Zimmers ängstigten ihn.
Ale wysokie ściany pustego pokoju go przestraszyły.
Ihm blieb keine andere Wahl, als sich flach auf den Boden zu legen.
Nie miał innego wyboru, jak położyć się płasko na ziemi.
Und er fand in diesem Raum niemals die Ursache seiner Angst.
I nigdy nie dostrzegł w tej przestrzeni przyczyny swojego strachu.
Es war dasselbe Zimmer, in dem er seit fünf Jahren lebte.
To był ten sam pokój, w którym mieszkał przez pięć lat.
Halb bewusst machte er eine Bewegung in Richtung Sofa.
Półświadomie wykonał ruch w kierunku sofy.
Und ohne jede Scham versteckte er sich unter dem Sofa.
I bez cienia wstydu schował się pod kanapą.

Dort unten fühlte er sich sofort wieder sehr wohl.

Tam na dole od razu poczuł się znowu bardzo komfortowo.

Obwohl sein Rücken etwas gequetscht war.

Mimo że jego plecy były lekko przyciśnięte.

Auch unter dem Sofa konnte er seinen Kopf nicht mehr heben.

Nie mógł już podnieść głowy pod sofą.

Aber selbst das zog er einem Aufenthalt im Freien vor.

Ale nawet to wolał od przebywania na otwartej przestrzeni.

Er bedauerte jedoch, dass sein Körper so breit war.

Żałował jednak, że jego ciało jest tak szerokie.

Das Sofa konnte seinen ganzen Körper nicht vollständig bedecken.

Sofa nie mogła całkowicie zakryć całego jego ciała.

Er blieb die ganze Nacht unter dem Sofa.

Całą noc przesiedział pod sofą.

Die Nacht verbrachte er halb schlafend, geplagt von seinem Hunger.

Noc spędził na wpół śpiąc, niespokojny z powodu głodu.

Und die Zeit, die er wach war, verbrachte er entweder in Sorgen oder in Hoffnung.

A czas, gdy nie spał, spędzał albo na martwieniu się, albo na nadziei.

Doch all seine vagen Hoffnungen führten zu demselben Schluss.

Ale wszystkie jego niejasne nadzieje doprowadziły go do tego samego wniosku.

Ihm blieb nichts anderes übrig, als vorerst zu schweigen.

Nie miał innego wyboru, jak na razie zachować milczenie.

Er musste der Familie gegenüber Geduld und Rücksichtnahme zeigen.

Musiał wykazać się cierpliwością i troską o rodzinę.

Es war die einzige Möglichkeit, die Unannehmlichkeiten erträglich zu machen.

Był to jedyny sposób, aby uczynić niedogodności znośnymi.

Die Unannehmlichkeiten, die er nun der Familie auferlegte.

Niedogodności, jakie teraz sprawiał rodzinie.

Er musste nicht lange warten, um sein Mitgefühl unter Beweis zu stellen.

Nie musiał długo czekać, by okazać swoje współczucie.

Früh am Morgen schaute die Schwester in sein Zimmer.

Wczesnym rankiem siostra zajrzała do jego pokoju.

Obwohl es eigentlich genauso viel Nacht wie Morgen war.

Chociaż tak naprawdę była to zarówno noc, jak i poranek.

Sie war vollständig angezogen und schien aufgeregt zu sein.

Była całkowicie ubrana i wydawała się być podekscytowana.

Die Tragfähigkeit seiner neu getroffenen Entscheidung könnte sich bewähren.

Trafność jego nowej decyzji mogła zostać wystawiona na próbę.

Sie entdeckte ihn nicht sofort auf Anhieb.

Nie od razu go zauważyła, gdy spojrzała na niego pierwszy raz.

Er musste irgendwo sein; weggeflogen konnte er nicht sein.

Musiał gdzieś być, nie mógł odlecieć.

Doch dann schweifte ihr Blick ein zweites Mal durch den Raum.

Ale potem jej wzrok ponownie omiótł pokój.

Und dieses Mal entdeckte sie seinen Oberkörper unter dem Sofa.

Tym razem dostrzegła jego tors pod sofą.

Sie war so verängstigt, dass sie jegliche Selbstbeherrschung verlor.

Była tak przestraszona, że straciła wszelką kontrolę nad sobą.

Und ihre erste Reaktion war, die Tür wieder zuzuschlagen.

A jej pierwszą reakcją było ponowne zatrzaśnięcie drzwi.

Doch sie schien ihr Verhalten auch sofort zu bereuen.

Ale potem zdała sobie sprawę, że natychmiast pożałowała swojego zachowania.

Kaum hatte sie die Tür zugeschlagen, öffnete sie sie auch schon wieder.

Zatrzasnęła drzwi i natychmiast je otworzyła.

Und diesmal schlich sie sich leise auf Zehenspitzen in den Raum.

Tym razem ostrożnie, na palcach, weszła do pokoju.
Sie bewegte sich, als ob sie eine schwerkranke Person besuchen würde.
Poruszała się tak, jakby odwiedzała ciężko chorą osobę.
Oder sie könnte einen völlig Fremden besucht haben.
Albo mogła odwiedzić zupełnie obcą osobę.
Gregor drückte seinen Kopf fast bis an den Rand des Sofas.
Gregor dosunął głowę niemal do krawędzi sofy.
Und von unterhalb des Tresors beobachtete er sie im Zimmer.
A spod sejfu obserwował ją w pokoju.
Würde sie bemerken, dass er die Milch stehen gelassen hatte?
Czy zauważy, że zostawił mleko?
Er hatte die Milch nicht etwa aus Mangel an Hunger stehen gelassen.
Nie zostawił mleka, bo nie był głodny.
Wollte sie ihm stattdessen anderes Essen bringen?
Czy zamiast tego miała mu przynieść inne jedzenie?
Vielleicht ein Gericht, das seinen Vorlieben besser entsprach.
Być może danie bardziej odpowiadało jego preferencjom.
Aber sie hätte seinen Appetit selbst bemerken müssen.
Ale musiałaby sama zauważyć jego apetyt.
Er wäre lieber verhungert, als sie davon erfahren zu lassen.
Wolałby umrzeć z głodu, niż ją o tym powiadomić.
Eigentlich hätte er es ihr sehr gerne gesagt.
Tak naprawdę, bardzo chciałby jej to powiedzieć.
Er war wirklich versucht, unter dem Sofa hervorzuschießen.
Naprawdę miał ochotę wyskoczyć spod kanapy.
Er wollte sich seiner Schwester zu Füßen werfen.
Chciał rzucić się do stóp swojej siostry.
Und er wollte sie um etwas Leckeres zu essen bitten.
I chciał ją poprosić o coś dobrego do jedzenia.
Doch dann blickte die Schwester zu der Schüssel mit Milch.
Ale wtedy siostra spojrzała w stronę miski z mlekiem.
Sie bemerkte sofort, dass die Schüssel noch voll war.

Od razu zauważyła, że miska jest nadal pełna.

Sie war ziemlich überrascht, dass Gregor nichts gegessen hatte.

Była raczej zaskoczona, że Gregor nic nie jadł.

Nur ein wenig Milch war auf den Boden verschüttet worden.

Na podłodze rozlało się tylko trochę mleka.

Sie nahm sofort die Schüssel und trug sie hinaus.

Natychmiast wzięła miskę i wyniosła ją.

Er sah, dass sie die Schüssel nicht mit bloßen Händen aufgehoben hatte.

Zauważył, że nie podniosła miski gołymi rękami.

Stattdessen hob sie die Schüssel mit einem der Lappen hoch.

Zamiast tego podniosła miskę za pomocą jednej ze szmat.

Gregor vergaß dieses kleine Detail jedoch sehr schnell.

Ale Gregor bardzo szybko zapomniał o tym drobnym szczególe.

Er war nun von etwas ganz anderem viel begeisterter.

Teraz był o wiele bardziej podekscytowany czymś innym.

Was könnte sie als Ersatz für die Milch mitbringen?

Co mogłaby przynieść w zamian za mleko?

Er hatte verschiedene Vermutungen darüber, was sie wohl mitbringen könnte.

Miał różne przemyślenia na temat tego, co mogłaby przynieść.

Doch die Güte seiner Schwester übertraf seine Erwartungen.

Jednak dobroć jego siostry przewyższyła jego oczekiwania.

Ihr wurde klar, dass sie herausfinden musste, was seine neuen Vorlieben waren.

Zdała sobie sprawę, że musi sprawdzić, jakie są jego nowe gusta.

Deshalb brachte sie eine ganze Auswahl an verschiedenen Speisen mit.

Przyniosła więc cały wybór różnego rodzaju jedzenia.

Halbverfaultes Gemüse, Knochen vom Abendessen.

Półzgniłe warzywa, kości z kolacji.

Die eingedickte Soße von der anderen Mahlzeit, die sie gegessen hatten.

Stężały sos pozostały po zjedzeniu poprzedniego posiłku.

Ein paar Rosinen, einige Mandeln, trockenes Brot, Butterbrot.

Kilka rodzynek, trochę migdałów, suchy chleb, chleb maślany.

Etwas Brot, das mit Butter bestrichen und gesalzen war.

Trochę chleba posmarowanego masłem i posolonego.

Käse, den Gregor vor zwei Tagen noch für ungenießbar erklärt hatte.

Ser, który Gregor dwa dni temu uznał za niejadalny.

Die gesamte Auswahl an Speisen wurde auf einer Zeitung ausgelegt.

Wszystkie te produkty spożywcze umieszczono na gazecie.

Und sie stellte auch eine Schüssel mit Wasser neben seine Mahlzeiten.

Obok posiłków stawiała miskę z wodą.

Sie wusste, dass Gregor nicht vor ihr gegessen hätte.

Wiedziała, że Gregor nie jadłby w jej obecności.

Aus Respekt vor ihm verließ sie deshalb wieder den Raum.

Więc z szacunku dla niego ponownie opuściła pokój.

Und sie hat beim Weggehen sogar den Schlüssel im Schloss umgedreht.

I wychodząc, przekręciła klucz w zamku.

Aber sie drehte den Schlüssel ganz leise und vorsichtig um.

Jednak przekręciła klucz bardzo cicho i ostrożnie.

Auf diese Weise würde nur Gregor wissen, dass die Tür verschlossen war.

W ten sposób tylko Gregor wiedziałby, że drzwi są zamknięte.

Nun konnte er es sich so bequem machen, wie er wollte.

Teraz mógł sobie pozwolić na taki komfort, jaki chciał.

Gregors Beine surrten, als es Zeit zum Essen war.

Kiedy nadeszła pora jedzenia, Gregorowi aż wirowały nogi.

Bemerkenswert ist, dass er keinerlei Beschwerden mehr verspürte.

Warto zauważyć, że nie odczuwał już żadnego dyskomfortu.

Seine Wunden müssen bereits vollständig verheilt sein.

Jego rany musiały się już całkowicie zagoić.

Weil er seine früheren Behinderungen nicht mehr spürte.

Ponieważ nie odczuwał już swoich poprzednich
niepełnosprawności.
**Seine neue Fähigkeit zu heilen überraschte und verblüffte
ihn.**
Jego nowa umiejętność leczenia zaskoczyła go i zdumiała.
**Vor mehr als einem Monat schnitt er sich mit einem Messer
in den Finger.**
Ponad miesiąc temu przeciął sobie palec nożem.
Bis vor zwei Tagen schmerzte ihn diese Wunde noch.
Jeszcze dwa dni temu rana ta ciągle go bolała.
„Bin ich jetzt viel weniger empfindlich?", dachte er bei sich.
„Czy teraz jestem o wiele mniej wrażliwy?" – pomyślał.
Inzwischen lutschte er gierig an dem Käse.
W tym momencie zaczął już łapczywie ssać ser.
**Er fühlte sich vom Käse mehr angezogen als von den
anderen Speisen.**
Bardziej pociągał go ser niż inne potrawy.
Er aß schnell ein Stück Käse nach dem anderen.
Szybko zjadł jeden kawałek sera po drugim.
**Beim Genuss des Geschmacks traten ihm vor Zufriedenheit
die Tränen in die Augen.**
Jego oczy zaszły łzami z zadowolenia, gdy poczuł jego smak.
Nach dem Käse aß er das Gemüse und die Soße.
Po serze zjadł warzywa i sos.
Das frische Essen schmeckte ihm jedoch nicht.
Świeże jedzenie jednak mu nie smakowało.
**Tatsächlich konnte er nicht einmal den Geruch von frischen
Lebensmitteln ertragen.**
Właściwie nie mógł znieść nawet zapachu świeżego jedzenia.
**Er hat sogar die anderen Lebensmittel von den frischen
Lebensmitteln weggezerrt.**
Odciągnął nawet inne jedzenie od świeżego.
Und im Nu hatte er auch noch das Essbare aufgegessen.
I bardzo szybko skończył najbardziej jadalne jedzenie.
**Das ganze leckere Essen hatte eine schläfrig machende
Wirkung auf ihn.**
Wszystkie te pyszne potrawy działały na niego usypiająco.

Und er lag träge an der Stelle, wo er gegessen hatte.

I położył się leniwie w miejscu, gdzie jadł.

Schließlich kam seine Schwester zurück, um noch einmal nach ihm zu sehen.

Po pewnym czasie jego siostra wróciła, żeby go ponownie sprawdzić.

Sie hatte die Weitsicht, den Schlüssel ganz langsam umzudrehen.

Była na tyle przewidująca, że przekręciła klucz bardzo powoli.

Dies war für Gregor ein Warnsignal, sich zurückzuziehen.

Było to dla Gregora sygnałem, że powinien się wycofać.

Benommen und erschrocken huschte er zurück unter das Sofa.

Oszołomiony i zaskoczony, pospiesznie schował się pod sofą.

Doch diesmal war es nicht so einfach, unter dem Sofa zu bleiben.

Ale tym razem pozostanie pod sofą nie było takie łatwe.

Sein Körper war durch das viele Essen etwas runder geworden.

Jego ciało zrobiło się nieco zaokrąglone od jedzenia.

Und er musste sich beherrschen, nicht wieder auszulaufen.

I musiał się kontrolować, żeby znów nie zabrakło mu sił.

Auch wenn die Schwester nicht lange im Zimmer blieb.

Choć siostra nie pozostała długo w pokoju.

In dem engen Raum rang er nach Luft.

Z trudem łapał oddech w tej wąskiej przestrzeni.

Doch er überwand die kurzen Anfälle von Atemnot.

Jednak udało mu się przezwyciężyć drobne ataki duszności.

Mit aufgerissenen Augen beobachtete er die Aktivitäten der Schwester.

Z wytrzeszczonymi oczami obserwował poczynania siostry.

Die ahnungslose Schwester schüttete alles in einen Eimer.

Niczego niepodejrzewająca siostra wylała wszystko do wiadra.

Sie entsorgte nicht nur das Essen, das Gregor nicht gegessen hatte.

Nie tylko pozbyła się jedzenia, którego Gregor nie zjadł.

Aber sie entsorgte auch das Essen, das er nicht angerührt hatte.

Ale pozbyła się również jedzenia, którego nie tknął.

Offenbar war dieses Essen nun für niemanden mehr genießbar.

Wygląda na to, że jedzenie to nie nadawało się już do spożycia.

Anschließend verschloss sie den Futtereimer mit einem Holzdeckel.

Następnie zamknęła wiadro z jedzeniem drewnianą pokrywką.

Und mit dem Essen, dem Eimer und dem Wischmopp ging sie.

I zabrawszy jedzenie, wiadro i mop, odeszła.

Gregor hätte nicht mehr lange warten können.

Gregor nie mógł czekać dłużej.

Sobald sie weg war, entkam er unter dem Sofa hervor.

Gdy tylko odeszła, uciekł spod sofy.

Und er streckte sich aus und atmete erleichtert auf.

Wyciągnął się i odetchnął z ulgą.

So erhielt Gregor von nun an regelmäßig seine Nahrung.

W ten sposób Gregor od tej pory otrzymywał jedzenie.

Seine Schwester gab ihm einmal früh am Morgen etwas zu essen.

Jego siostra dała mu jedzenie pewnego razu, wcześnie rano.

Zu dieser Stunde schliefen die Eltern und das Dienstmädchen noch.

O tej porze rodzice i służąca jeszcze spali.

Und er erhielt eine zweite Mahlzeit, nachdem alle anderen bereits zu Mittag gegessen hatten.

A po tym, jak wszyscy zjedli obiad, otrzymał drugi posiłek.

Denn zu dieser Zeit schliefen die Eltern auch eine Weile.

Ponieważ w tym czasie rodzice też jeszcze chwilę spali.

Und das Dienstmädchen wurde von der Schwester mit einer Besorgung weggeschickt.

A służąca została wysłana przez siostrę z jakąś misją.

Sie hatten ganz sicher nicht die Absicht, Gregor verhungern zu lassen.

Z pewnością nie mieli zamiaru głodzić Gregora.

Aber sie hätten ihm auch nicht beim Essen zusehen wollen.

Ale oni też nie chcieliby oglądać, jak je.

Die Angaben der Schwester reichten als Information aus.

Informacje podane przez siostrę były wystarczające.

Vielleicht war es ihre Art, den Eltern den Kummer zu ersparen.

Być może chciał w ten sposób oszczędzić rodzicom cierpienia.

Sie hatten unter seinen Taten schon genug gelitten.

Już i tak wystarczająco wycierpieli z powodu jego działań.

Der erste Tag verblasste langsam zu einer fernen Erinnerung.

Pierwszy dzień powoli stawał się odległym wspomnieniem.

Gregor hatte keine Möglichkeit zu erfahren, was an diesem Tag geschah.

Gregor nie miał pojęcia, co wydarzyło się tego dnia.

Wie wurde der Schlüsseldienstmitarbeiter aus der Wohnung geleitet?

W jaki sposób ślusarz został wyprowadzony z mieszkania?

Mit welchen Ausreden war der Arzt schließlich zufrieden?

Jakie wymówki ostatecznie zadowoliły lekarza?

Er hatte keinen Weg gefunden, sich verständlich zu machen.

Nie znalazł sposobu, aby stać się zrozumiałym.

Es gelang ihm nicht einmal, mit seiner Schwester zu kommunizieren.

Nie udało mu się nawet nawiązać kontaktu z siostrą.

Und so dachten sie, er könne sie nicht verstehen.

I myśleli, że ich nie rozumie.

Und deshalb wurde auch kein Versuch unternommen, mit ihm zu sprechen.

Dlatego nie podjęto żadnej próby nawiązania z nim kontaktu.

Seine Schwester kam jeden Morgen und jeden Mittag in sein Zimmer.

Jego siostra przychodziła do jego pokoju każdego ranka i lunchu.

Doch er musste sich damit begnügen, ihre Seufzer zu hören.

Musiał jednak zadowolić się słuchaniem jej westchnień.

Später gewöhnte sie sich dann doch etwas mehr an Gregors Gestalt.

Później przyzwyczaiła się do postaci Gregora.

Und sie fühlte sich etwas freier, weitere Bemerkungen zu machen.

I poczuła, że ma odrobinę więcej swobody w wyrażaniu swoich uwag.

(Obwohl sie sich nie ganz an ihn gewöhnen würde.)

(Choć nigdy nie przyzwyczaiła się do niego całkowicie.)

Und dann fühlte sich Gregor wieder etwas mehr angesprochen.

A potem Gregor poczuł, że ktoś znów do niego przemawia.

Und er nahm wahr, was er als freundliche Kommentare empfand.

I usłyszał to, co uznał za przyjazne komentarze.

„Ihm hat das Essen heute geschmeckt" oder „Er hat alles aufgegessen".

„Smakowało mu dziś jedzenie" lub „zjadł wszystko".

Das war aber erst der Fall, nachdem er sein gesamtes Essen aufgegessen hatte.

Ale to było dopiero wtedy, gdy zjadł już całe swoje jedzenie.

Doch in letzter Zeit kam dies immer seltener vor.

Jednak ostatnio zdarzało się to coraz rzadziej.

„Er hat sein Essen kaum angerührt", sagte sie jetzt immer öfter.

„On prawie nie tknął jedzenia" – powtarzała teraz częściej.

Und jedes Mal schwang ein Hauch von Traurigkeit in ihrer Stimme mit.

A w jej głosie za każdym razem można było usłyszeć nutę smutku.

Gregor konnte keine anderen Nachrichten direkter empfangen.

Gregor nie mógł usłyszeć żadnych innych wiadomości bardziej bezpośrednio.

Aber er hörte viele Neuigkeiten aus den angrenzenden Zimmern mit.

Ale usłyszał wiele nowin z sąsiednich pomieszczeń.

Als er Stimmen hörte, rannte er zur entsprechenden Tür.

Gdy usłyszał głosy, pobiegł do odpowiednich drzwi.

Und er presste seinen ganzen Körper gegen die Tür, um zu hören.

I przycisnął całe ciało do drzwi, żeby usłyszeć.

Alle Gespräche drehten sich in irgendeiner Weise um ihn.

Wszystkie rozmowy w ten czy inny sposób go dotyczyły.

Selbst wenn es scheinbar um etwas ganz anderes ging.

Nawet jeśli temat zdawał się dotyczyć czegoś innego.

Diese Beobachtung traf insbesondere in der Anfangszeit zu.

Obserwacja ta była szczególnie aktualna na początku.

Bei jeder Mahlzeit wiederholten sie die gleiche Diskussion.

Podczas każdego posiłku powtarzali tę samą dyskusję.

Sie waren sich noch immer unsicher, wie sie sich ihm gegenüber verhalten sollten.

Nadal nie byli pewni, jak się przy nim zachowywać.

Das gleiche Thema wurde aber auch zwischen den Mahlzeiten besprochen.

Ale ten sam temat był również poruszany między posiłkami.

Weil immer zwei Familienmitglieder zu Hause waren.

Ponieważ w domu zawsze były dwie osoby z rodziny.

Niemand wollte allein im Haus bleiben.

Nikt nie chciał zostawać sam w domu.

Aber die Wohnung leer stehen zu lassen, kam auch nicht in Frage.

Ale pozostawienie mieszkania pustym również nie wchodziło w grę.

Das Dienstmädchen war die Einzige, die nicht an die Wohnung gebunden war.

Tylko służąca nie była przywiązana do mieszkania.

Sie hatte bereits am ersten Tag darum gebeten, gehen zu dürfen.

Już pierwszego dnia poprosiła o pozwolenie na wyjazd.

Sie kniete nieder und flehte darum, entlassen zu werden.

Uklękła i błagała, aby ją zwolniono.

Die Familie wusste nicht, wie viel das Dienstmädchen tatsächlich wusste.

Rodzina nie wiedziała, ile tak naprawdę wiedziała służąca.

Zu diesem Zeitpunkt hatte sie nicht mehr gesehen als alle anderen.

Na tym etapie nie widziała więcej niż ktokolwiek inny.

Was geschehen war, blieb der Familie weiterhin ein Rätsel.

Dla rodziny to, co się wydarzyło, wciąż pozostawało zagadką.

Doch eine Viertelstunde später verabschiedete sie sich.

Ale kwadrans później pożegnała się.

Und sie dankte der Familie mit Tränen in den Augen.

I ze łzami w oczach podziękowała rodzinie.

Aber eigentlich dankte sie ihnen dafür, dass sie sie freigelassen hatten.

Ale tak naprawdę była im wdzięczna za to, że ją uwolnili.

Sie schienen ihr größte Freundlichkeit entgegengebracht zu haben.

Wygląda na to, że okazali jej ogromną życzliwość.

Sie leistete sogar einen Eid, ohne dazu aufgefordert worden zu sein.

Nawet złożyła przysięgę, choć nikt jej o to nie prosił.

Sie sagte, sie würde niemandem erzählen, was passiert war.

Powiedziała, że nikomu nie powie, co się wydarzyło.

Nun musste die Schwester zusammen mit ihrer Mutter kochen.

Teraz siostra musiała gotować razem ze swoją matką.

Das war aber keine allzu große Unannehmlichkeit.

Ale to nie było aż tak wielkim problemem.

Weil die beiden sowieso fast nichts aßen.

Bo i tak obaj prawie nic nie jedli.

Immer und immer wieder hörte Gregor dasselbe Gespräch mit.

Gregor raz po raz podsłuchiwał tę samą rozmowę.

Einer der beiden sagte dem anderen, er müsse mehr essen.

Jedna osoba mówiła drugiej, że musi więcej jeść.
Diese Person erhielt jedoch keine Antwort von der betreffenden Person.
Ale ta osoba nie otrzymała odpowiedzi od tej osoby.
„Danke, ich habe genug", oder etwas Ähnliches.
„Dziękuję, mam już dość" lub coś podobnego.
Vielleicht tranken sie auch gar nichts mehr.
Być może oni też już nic nie pili.
Die Schwester fragte ihren Vater oft, ob er Bier wolle.
Siostra często pytała ojca, czy chce piwa.
Und sie bot freundlicherweise an, das Bier selbst zu holen.
I serdecznie zaproponowała, że sama przyniesie piwo.
Der Vater schwieg auf ihre Bitte hin stets.
Ojciec zawsze milczał na jej prośbę.
Die Schwester musste also einen Weg finden, jeden Zweifel auszuräumen.
Siostra musiała więc znaleźć sposób, aby rozwiać wszelkie wątpliwości.
Und sie sagte, sie würde das Dienstmädchen losschicken, um Bier zu holen.
I powiedziała, że wyśle służącą po piwo.
Doch dann sagte der Vater schließlich ein lautes, deutliches „Nein".
Ale potem ojciec w końcu powiedział donośnym głosem: „nie".
Das Thema, dass er ein Bier trank, wurde danach nicht mehr erwähnt.
Potem temat wypicia przez niego piwa nie był już poruszany.
Er hatte die finanzielle Situation bereits zuvor erläutert.
Już wcześniej wyjaśnił sytuację finansową.
Tatsächlich sprach er schon am ersten Tag über Finanzen.
Właściwie o finansach wspomniał już pierwszego dnia.
Er machte ihnen die Aussichten deutlich.
Uświadomił im, jakie są perspektywy.
Sein eigenes Unternehmen war vor etwa fünf Jahren zusammengebrochen.
Jego własny biznes upadł około pięć lat temu.

Hin und wieder stand er auf, um den Tisch zu verlassen.

Co jakiś czas wstawał, żeby odejść od stołu.

Und er ging zur Kasse seines alten Geschäfts.

I poszedł do kasy swojego starego sklepu.

Aus Sentimentalität hatte er die Kasse aufgehoben.

Z sentymentu zachował kasę fiskalną.

Gregor hörte, wie er ein schweres und kompliziertes Schloss öffnete.

Gregor usłyszał, jak otwiera ciężki i skomplikowany zamek.

Und er holte Quittungen und Bücher aus der Kasse.

I wyjął z kasy paragony i książki.

Nachdem er die Gegenstände an sich genommen hatte, schloss er die Geldkassette wieder ab.

Po zabraniu przedmiotów ponownie zamknął kasetkę z pieniędzmi.

Gregor hatte seit seiner Gefangennahme keine guten Nachrichten mehr erhalten.

Od czasu uwięzienia Gregor nie otrzymał żadnych dobrych wieści.

Er glaubte, das Geschäft habe seinen Vater in den Ruin getrieben.

Uważał, że interes doprowadził jego ojca do bankructwa.

Dieser Eindruck war Gregor vom Vater sicherlich vermittelt worden.

Ojciec z pewnością wywarł na Gregorze takie wrażenie.

Und Gregor fragte ihn nie wieder nach den Finanzen.

A Gregor nigdy więcej nie pytał go o finanse.

Gregor wollte alles tun, was er konnte, um der Familie zu helfen.

Gregor chciał zrobić wszystko, co w jego mocy, aby pomóc rodzinie.

Er wollte ihnen helfen, das geschäftliche Unglück zu vergessen.

Chciał pomóc im zapomnieć o niepowodzeniu w interesach.

Der Bankrott, der zur völligen Hoffnungslosigkeit führte.

Bankructwo, które przyniosło całkowitą beznadzieję.

So begann er mit einer ganz besonderen Leidenschaft zu arbeiten.

więc zaczął pracować z naprawdę szczególną pasją.

Er war quasi über Nacht zum Handelsreisenden geworden.

Niemal z dnia na dzień został komiwojażerem.

Davor hatte er lediglich als schlecht bezahlter Angestellter gearbeitet.

Wcześniej pracował jako nisko opłacany urzędnik.

Nun boten sich ihm völlig andere Verdienstmöglichkeiten.

Teraz miał zupełnie inne możliwości zarobkowania.

Erfolgreiche Verkäufe konnten sofort in Bargeld umgewandelt werden.

Udaną sprzedaż można było natychmiast przeliczyć na gotówkę.

Das Geld wird natürlich aus seinen Provisionen ausgezahlt.

Pieniądze oczywiście pochodzą z jego prowizji.

Nun konnte Gregor Geld auf den Familientisch bringen.

Teraz Gregor mógł położyć pieniądze na rodzinnym stole.

Und sie waren erstaunt und erfreut über seinen Verdienst.

A oni byli zdumieni i zadowoleni z jego zarobków.

Aber diese schönen Zeiten werden sich nicht wiederholen.

Ale te piękne czasy już się nie powtórzą.

Sie hatten sich gerade erst an diese schönen Zeiten gewöhnt.

Dopiero co przyzwyczaili się do tych dobrych czasów.

Jeden Zahltag nahm die Familie das Geld dankbar entgegen.

Rodzina z wdzięcznością przyjmowała pieniądze za każdym razem, gdy otrzymywała wypłatę.

Und Gregor war ebenso gern bereit, das Geld herauszugeben.

A Gregor równie chętnie oddał pieniądze.

Doch die im Gegenzug entgegengebrachte herzliche Zuneigung erlosch allmählich.

Jednak ciepłe uczucie, jakie nam dawano w zamian, powoli zanikało.

Nur seine Schwester stand Gregor noch so nahe wie zuvor.

Tylko jego siostra pozostała tak blisko Gregora jak wcześniej.

**Im Gegensatz zu Gregor hatte sie eine tiefe Wertschätzung
für Musik.**

Ona, w przeciwieństwie do Gregora, miała głębokie uznanie
dla muzyki.

Und sie konnte sehr berührend Geige spielen.

I potrafiła grać na skrzypcach w sposób bardzo wzruszający.

**Gregor plante insgeheim, sie auf eine Musikschule zu
schicken.**

Gregor potajemnie planował wysłać ją do szkoły muzycznej.

**Er hatte noch nicht entschieden, wie er die Kosten decken
würde.**

Nie zdecydował jeszcze, w jaki sposób pokryje wydatki.

Aber irgendwie würde er die Kosten decken.

Ale w jakiś sposób pokryje koszty.

**Gelegentlich unternahmen Gregor und seine Familie
Kurztrips.**

Od czasu do czasu Gregor i cała rodzina wybierali się na
krótkie wycieczki.

**Gregor und seine Schwester sprachen oft über dieses
Thema.**

Gregor i siostra często poruszali ten temat.

Es wurde aber immer nur als eine wunderbare Idee erwähnt.

Jednak wspomniano o tym wyłącznie jako o wspaniałym
pomyśle.

**Sie glaubten nicht wirklich, dass der Traum in Erfüllung
gehen könnte.**

Naprawdę nie wierzyli, że marzenie może się spełnić.

**Und den Eltern gefielen solche fantasievollen Ambitionen
nicht.**

A rodzicom nie podobały się takie wybujałe ambicje.

Selbst wenn das Thema ganz harmlos angesprochen wurde.

Nawet gdy temat został poruszony zupełnie niewinnie.

Gregor dachte aber weiterhin an die Musikschule.

Ale Gregor nadal myślał o szkole muzycznej.

**Und er hatte vor, das Geschenk am Heiligabend
anzukündigen.**

A ogłoszenie prezentu planował na Wigilię.

In seinem jetzigen Zustand wäre das natürlich unmöglich.

Oczywiście, w jego obecnym stanie byłoby to niemożliwe.

Doch solche Gedanken gingen ihm durch den Kopf.

Ale takie myśli przechodziły mu przez głowę.

Und solche Gedanken kamen ihm, während er der Familie zuhörte.

I takie myśli towarzyszyły mu, gdy słuchał rodziny.

Manchmal war er zu müde, um ihnen weiter zuzuhören.

Czasami był zbyt zmęczony, żeby ich dalej słuchać.

Vor Erschöpfung sank sein Kopf gegen die Tür.

Ze zmęczenia uderzył głową o drzwi.

Doch er legte sofort wieder seinen Kopf gegen die Tür.

Ale natychmiast znowu przytknął głowę do drzwi.

Denn selbst das leiseste Geräusch war draußen zu hören.

Ponieważ na zewnątrz było słychać nawet najcichszy hałas.

Und jedes Geräusch, das er machte, brachte die Familie zum Schweigen.

A każdy hałas, jaki wydawał, powodował ciszę w rodzinie.

„Was macht er denn jetzt?", fragte der Vater die Familie.

„Co on teraz robi?" – zapytał ojciec rodzinę.

Und er ging zur Tür, um nachzusehen, was das Geräusch verursachte.

I podszedł do drzwi, żeby sprawdzić, co powoduje hałas.

Und dann wurde das unterbrochene Gespräch allmählich wieder aufgenommen.

A potem przerwana rozmowa została stopniowo wznowiona.

Was der Vater aber sagte, überraschte alle auf positive Weise.

Ale to, co powiedział ojciec, pozytywnie zaskoczyło wszystkich.

Gregor erfuhr nun den wahren Stand der Finanzen.

Gregor poznał teraz prawdziwy stan finansów.

Trotz all des Unglücks gab es auch etwas Glück.

Pomimo wszystkich nieszczęść, było też trochę szczęścia.

Ein kleines Vermögen aus alten Zeiten war noch vorhanden.

Została tam jeszcze niewielka fortuna z dawnych czasów.

Der Vater erklärte die Dinge, musste sich aber wiederholen.

Ojciec wszystko wyjaśnił, ale musiał powtórzyć.

Weil er sich eine Weile nicht mehr mit diesen Dingen befasst hatte.

Ponieważ od jakiegoś czasu nie zajmował się tymi sprawami.

Und weil die Mutter solche Dinge nicht verstand.

A ponieważ matka nie rozumiała takich rzeczy.

Die Zinssätze der Bank waren etwas gestiegen.

Oprocentowanie kredytów bankowych nieznacznie wzrosło.

Das unberührte Geld hatte sich stärker erhöht als erwartet.

Kwota nietkniętych pieniędzy wzrosła bardziej, niż oczekiwano.

Darüber hinaus hatte Gregor ihnen immer seine Ersparnisse gegeben.

Gregor zawsze oddawał im swoje oszczędności.

Er hatte nur wenige Gulden für sich behalten.

Dla siebie zachował zaledwie kilka guldenów.

Und sein Geld war auch noch nicht vollständig aufgebraucht.

A jego pieniądze również nie zostały całkowicie wykorzystane.

Zusammen hatte sich dieses Geld zu einem kleinen Kapital angesammelt.

Łącznie pieniądze te utworzyły niewielki kapitał.

Gregor nickte hinter seiner Tür eifrig zu der Nachricht.

Gregor, stojący za drzwiami, kiwnął głową, słysząc nowiny.

Er war erfreut über diese unerwartete Vorsicht und Sparsamkeit.

Ucieszyła go ta nieoczekiwana ostrożność i oszczędność.

Die überschüssigen Mittel hätten zur Tilgung der Schulden verwendet werden können.

Nadwyżkę środków można było przeznaczyć na spłatę długu.

Dann hätten sie dem Chef nichts mehr geschuldet.

Wtedy nie byliby już nic winni szefowi.

Und Gregor hätte schon viel früher eine neue Stelle annehmen können.

A Gregor mógł o wiele szybciej znaleźć nową pracę.

Aber so, wie der Vater es arrangiert hatte, war es jetzt viel besser.

Ale sposób w jaki ojciec to zorganizował, był teraz o wiele lepszy.

Das Geld reichte nicht ganz zum Leben von den Zinsen.

Pieniądze nie wystarczały na utrzymanie się z odsetek.

Und ein Teil des Geldes musste für Notfälle zurückgelegt werden.

A część pieniędzy trzeba było odłożyć na nagłe wydatki.

Das Geld hätte nur für ein oder zwei Jahre gereicht.

Pieniędzy wystarczyłoby na rok, dwa.

Das bedeutete, dass jemand Geld verdienen musste, damit sie leben konnten.

Oznaczało to, że ktoś musiał zarabiać pieniądze, aby mogli przeżyć.

Der Vater war nicht krank und er war stark genug.

Ojciec nie był chory i był wystarczająco silny.

Doch er war seit mehr als fünf Jahren arbeitslos.

Jednak nie miał pracy od ponad pięciu lat.

Und aufgrund seines Alters hatte er kaum noch Selbstvertrauen.

A ze względu na swój wiek, brakowało mu już pewności siebie.

Er hatte in letzter Zeit auch deutlich an Gewicht zugenommen.

Ostatnio sporo przytył.

Sein Leben war stets mühsam und erfolglos gewesen.

Jego życie zawsze było trudne i nieudane.

Und dies war der erste Urlaub, den er je verbracht hatte.

A były to jego pierwsze wakacje w życiu.

Und da er nicht beschäftigt war, war er ziemlich ungeschickt geworden.

A gdy mu się nie zajęto, stał się zupełnie niezdarny.

Wäre es besser, wenn die alte Mutter das Geld verdienen würde?

Czy byłoby lepiej, gdyby to stara matka zarabiała pieniądze?

Die alte Mutter, die an Asthma litt.

Stara matka, która cierpiała na astmę.

Die alte Mutter, die Mühe hatte, die Treppe hinaufzugehen.

Stara matka, która miała trudności z wejściem po schodach.

Die alte Mutter, die ihre Zeit damit verbrachte, auf dem Sofa zu liegen.

Stara matka, która spędzała czas leżąc na sofie.

Die alte Mutter, die es vorzog, am Fenster zu sitzen.

Stara matka, która wolała siedzieć przy oknie.

Damit sie bei Bedarf durchatmen konnte.

Żeby mogła złapać oddech, kiedy tego potrzebowała.

Wäre es besser, wenn die jüngere Schwester das Geld verdienen würde?

Czy byłoby lepiej, gdyby to młodsza siostra zarabiała pieniądze?

Die Schwester, die mit siebzehn Jahren noch ein Kind war.

Siostra, która mając siedemnaście lat, była jeszcze dzieckiem.

Die Schwester, die nur wenige, bescheidene Freuden hatte.

Siostra, która miała tylko kilka skromnych przyjemności.

Die Schwester, die am liebsten Geige spielte.

Siostra, która najbardziej lubiła grać na skrzypcach.

Sie wusste, dass ihr bisheriger Lebensstil sehr beneidenswert war;

Wiedziała, że jej dotychczasowy sposób życia był godny pozazdroszczenia;

Sich schick anziehen, ausschlafen, im Haushalt helfen.

Ubieranie się elegancko, wstawanie późno, pomaganie w domu.

Das Gespräch drehte sich oft um die Notwendigkeit, Geld zu verdienen.

Rozmowy często schodziły na temat potrzeby zarabiania pieniędzy.

Gregor war immer der Erste, der die Tür losließ.

Gregor zawsze pierwszy puszczał drzwi.

Das Gespräch erfüllte ihn mit Scham und Trauer.

Rozmowa ta sprawiła, że zrobiło mu się gorąco ze wstydu i żalu.

Also warf er sich auf das kühle Ledersofa.

Więc rzucił się na chłodną skórzaną sofę.

Und den Rest der Nacht verbrachte er oft auf dem Sofa.

Często spędzał resztę nocy na kanapie.

Er hat nie wirklich auf dem Sofa geschlafen, auch nicht nachts.

Tak naprawdę nigdy nie spał na kanapie, ani w nocy.

Oft kratzte er stundenlang an dem Leder.

Często po prostu drapał skórę przez wiele godzin.

Manchmal schob er den Sessel ans Fenster.

Innym razem przesuwał fotel w stronę okna.

Allein dies erforderte von seiner Seite einen erheblichen Aufwand.

Już samo to wymagało od niego ogromnego wysiłku.

Der Sessel half ihm, auf die Fensterbank zu klettern.

Fotel pomógł mu wejść na parapet.

Und von dort aus konnte er sich ans Fenster lehnen.

I stamtąd mógł oprzeć się o okno.

Er empfand dabei stets ein großes Gefühl der Freiheit.

Robiąc to, czuł ogromną wolność.

Vielleicht suchte er nach einem alten, befreienden Gefühl.

Być może szukał jakiegoś dawnego, wyzwalającego uczucia.

Doch seine Sehkraft war nicht mehr so scharf wie früher.

Jednak jego wzrok nie był już tak ostry jak kiedyś.

Dinge in geringer Entfernung waren verschwommen und undeutlich.

Rzeczy znajdujące się w niewielkiej odległości były rozmazane i niewyraźne.

Er konnte das Krankenhaus auf der anderen Straßenseite nicht mehr sehen.

Nie widział już szpitala po drugiej stronie ulicy.

Vorher hatte er den Anblick verflucht, jetzt wollte er ihn sehen.

Zanim przeklął ten widok, zapragnął go zobaczyć.

Er wusste, dass er in der ruhigen, städtischen Charlottenstraße wohnte.

Wiedział, że mieszka przy spokojnej, miejskiej ulicy Charlottenstrasse.

Aber vielleicht dachte er, er blicke in die Wüste.

Ale mógł pomyśleć, że patrzy na pustynię.

Eine Ödnis, wo grauer Himmel und graue Erde verschmolzen.

Pustkowie, gdzie szare niebo i szara ziemia łączą się ze sobą.

Zweimal bemerkte die aufmerksame Schwester, dass der Stuhl verschoben worden war.

Uważna siostra dwa razy zauważyła, że krzesło się poruszyło.

Nachdem sie aufgeräumt hatte, schob sie den Stuhl zurück ans Fenster.

Po posprzątaniu odsunęła krzesło pod okno.

Und von nun an ließ sie sogar den Fensterflügel offen.

I od tej pory zostawiała nawet skrzydło okna otwarte.

Gregor wünschte sich sehr, er hätte mit seiner Schwester sprechen können.

Gregor naprawdę żałował, że nie mógł porozmawiać ze swoją siostrą.

Er wollte ihr für alles danken, was sie für ihn getan hatte.

Chciał jej podziękować za wszystko, co dla niego zrobiła.

Dann hätte er ihre Dienste leichter toleriert.

Wtedy mógłby łatwiej tolerować ich usługi.

Doch so wie die Dinge standen, litt er darunter, dass sie ihm half.

Ale tak się złożyło, że cierpiał z powodu jej pomocy.

Die Schwester versuchte natürlich, die Peinlichkeit zu überspielen.

Siostra oczywiście próbowała ukryć zażenowanie.

Und sie tat ihr Bestes, so zu tun, als ob sie sich nicht belastet fühlte.

I starała się jak mogła, żeby nie czuć się obciążona.

Natürlich musste sie das erst einmal üben.

Oczywiście, że to było coś, co musiała najpierw przećwiczyć.

Und je mehr Zeit verging, desto besser wurde sie darin.

Im więcej czasu mijało, tym lepiej jej to szło.

Gregor erhielt jedoch auch mehr Zeit, um ihr Täuschungsmanöver zu durchschauen.

Ale Gregorowi dano też więcej czasu, żeby przyjrzeć się jej udawaniu.

Schon das Betreten seines Zimmers durch sie war für ihn eine Tortur.

Nawet wejście do jego pokoju było dla niego ciężką próbą.

Kaum war sie eingetreten, rannte sie direkt zum Fenster.

Gdy tylko weszła, od razu pobiegła do okna.

Sie nahm sich nicht einmal die Zeit, die Tür zu schließen.

Nie miała nawet czasu, żeby zamknąć drzwi.

Normalerweise ersparte sie allen den Anblick von Gregors Zimmer.

Zazwyczaj oszczędzała wszystkim widoku pokoju Gregora.

Und mit hastigen Händen riss sie das Fenster auf.

I szybkim ruchem szarpnęła okno.

Dann atmete sie wieder, als ob sie erstickt wäre.

Potem znowu zaczęła oddychać, jakby się dusiła.

Die einströmende Luft war kalt, und sie atmete tief durch.

Powietrze, które weszło do środka, było zimne, więc wzięła głęboki oddech.

Dennoch blieb sie noch eine Weile am Fenster stehen.

Mimo wszystko pozostała przy oknie jeszcze przez jakiś czas.

Mit dieser Routine ängstigte sie Gregor zweimal täglich.

Tą rutyną straszyła Gregora dwa razy dziennie.

Während sie im Zimmer war, zitterte er unter dem Sofa.

Gdy ona była w pokoju, on trząsł się pod sofą.

Er wusste, dass sie ihm diese Tortur gern erspart hätte.

Wiedział, że chciałaby mu oszczędzić tej próby.

Aber sie konnte nicht in dem Zimmer sein, wenn das Fenster geschlossen war.

Ale nie mogła przebywać w pokoju, gdy okno było zamknięte.

Einmal kam sie etwas früher.

Pewnego razu przyszła trochę wcześniej.

Vermutlich etwa einen Monat nach Gregors Verwandlung.

Prawdopodobnie około miesiąca po transformacji Gregora.

Sie hatte sich ein wenig an sein neues Aussehen gewöhnt.

Przyzwyczaiła się już do jego nowego wyglądu.

Sie hatte also keinen Grund mehr, besonders schockiert zu sein.

Nie miała więc już powodu do szczególnego szoku.

Sie fand ihn immer noch regungslos aus dem Fenster starrend vor.

Znalazła go wciąż wpatrującego się nieruchomo w okno.

Er befand sich am schrecklichsten Ort, an dem er hätte sein können.

Znajdował się w najgorszym możliwym miejscu.

Er wäre nicht überrascht gewesen, wenn sie nicht hereingekommen wäre.

Nie byłby zaskoczony, gdyby nie weszła.

Er hinderte sie daran, das Fenster zu öffnen.

Gdzie uniemożliwiono jej otwarcie okna.

Sie verließ schnell wieder das Zimmer und schloss die Tür.

Szybko wyszła z pokoju i zamknęła drzwi.

Ein Fremder hätte zu allen möglichen Schlussfolgerungen gelangen können.

Ktoś obcy mógłby dojść do wielu różnych wniosków.

Vielleicht wartete er nur auf die Gelegenheit, sie zu beißen.

Być może czekał tylko na okazję, żeby ją ugryźć.

Gregor versteckte sich natürlich sofort unter dem Sofa.

Gregor oczywiście natychmiast schował się pod kanapą.

Doch er musste bis Mittag warten, bis seine Schwester zurückkehrte.

Musiał jednak czekać do południa na powrót siostry.

Und sie wirkte viel unruhiger als sonst.

Wydawała się o wiele bardziej niespokojna niż zwykle.

Ihm wurde klar, dass der Anblick von ihm immer noch unerträglich war.

Zdał sobie sprawę, że jego widok nadal jest dla niego nie do zniesienia.

Der Anblick von ihm würde für sie weiterhin unerträglich bleiben.

Jego widok stał się dla niej nie do zniesienia.

Sie konnte es wahrscheinlich nicht ertragen, auch nur einen Teil von ihm zu sehen.

Prawdopodobnie nie mogła znieść widoku jakiejkolwiek jego części.

Ein kleines Teil ragte immer unter dem Sofa hervor.

Spod kanapy zawsze wystawała jakaś mała część.

Eines Tages trug er ein Bettlaken auf dem Rücken zum Sofa.

Pewnego dnia poszedł na sofę, niosąc na plecach prześcieradło.

Er wollte verhindern, dass sie irgendetwas von ihm sah.

Chciał oszczędzić jej widoku jakiejkolwiek jego osoby.

Er richtete das Bettlaken so aus, dass er vollständig verdeckt war.

Ułożył prześcieradło tak, że był cały ukryty.

Selbst wenn sie sich bückte, könnte sie ihn nicht sehen.

Nawet gdyby się pochyliła, nie byłaby w stanie go zobaczyć.

Für Gregor dauerte die gesamte Arbeit mehr als drei Stunden.

Całe przedsięwzięcie zajęło Gregorowi ponad trzy godziny.

Möglicherweise hielt sie das Bettlaken für überflüssig.

Mogła pomyśleć, że prześcieradło jest niepotrzebne.

Sie hätte gewusst, dass er das Bettlaken nicht wollte.

Ona wiedziałaby, że on nie chce prześcieradła.

Er tat es zu ihrem Wohlbefinden und nicht für sich selbst.

Robił to dla jej wygody, nie dla siebie.

Und sie hätte das Bettlaken abnehmen können, wenn sie gewollt hätte.

A gdyby chciała, mogłaby zdjąć prześcieradło.

Aber sie ließ das Bettlaken dort, wo Gregor es hingelegt hatte.

Ale zostawiła prześcieradło tam, gdzie położył je Gregor.

Und Gregor glaubte sogar, einen dankbaren Blick erhascht zu haben.

A Gregorowi nawet wydawało się, że dostrzegł wdzięczne spojrzenie.

Er hatte das Bettlaken vorsichtig mit dem Kopf angehoben.

Delikatnie podniósł prześcieradło głową.

Er wollte herausfinden, ob seiner Schwester die Vereinbarung gefiel.

Chciał sprawdzić, czy jego siostrze podoba się ten układ.

Die ersten zwei Wochen waren für die Eltern am schwierigsten.
Pierwsze dwa tygodnie były dla rodziców najtrudniejsze.
Sie brachten es nicht übers Herz, hereinzukommen und ihn zu sehen.
Nie mogli się zdobyć na to, żeby wejść i go zobaczyć.
Er belauschte in dieser Zeit viele ihrer Gespräche.
Podsłuchał wówczas wiele ich rozmów.
Sie nahmen alles, was die Schwester tat, voll und ganz zur Kenntnis.
W pełni uznali, że siostra robiła wszystko, co mogła.
Auch wenn sie früher oft verärgert über sie waren.
Choć dawniej często się na nią denerwowali.
Weil sie ein ziemlich nutzloses Mädchen gewesen zu sein schien.
Ponieważ wydawała się dziewczyną dość bezużyteczną.
Nun warteten sie auf der anderen Seite des Raumes.
Teraz to oni czekali po drugiej stronie pokoju.
Und sie war es, die den Raum betrat, um alles zu erledigen.
I to ona weszła do pokoju i wszystko zrobiła.
Sobald sie herauskam, wollten sie alles wissen.
Gdy tylko wyszła, chcieli wiedzieć wszystko.
Sie musste ihnen genau beschreiben, wie das Zimmer aussah.
Musiała im dokładnie powiedzieć, jak wygląda pokój.
„Was hat Gregor gegessen? Wie hat er sich diesmal verhalten?“
„Co Gregor jadł? Jak się tym razem zachował?“
„War vielleicht eine leichte Verbesserung zu bemerken?“
„Czy można było zauważyć niewielką poprawę?“
Die Mutter war übrigens tatsächlich mutiger.
Matka, nawiasem mówiąc, była bardziej odważna.
Und natürlich war es ihr eigener Sohn im Zimmer.
Oczywiście w pokoju był jej syn.
Sie wollte Gregor eigentlich schon bald besuchen.

Tak naprawdę chciała odwiedzić Gregora stosunkowo szybko.
Doch der Vater und die Schwester hielten sie zunächst zurück.
Jednak ojciec i siostra początkowo ją powstrzymali.
Sie brachten sehr rationale Argumente dafür vor, dass sie nicht gehen sollte.
Przedstawiali jej bardzo racjonalne argumenty, żeby nie jechała.
Gregor hörte ihren Argumenten sehr aufmerksam zu.
Gregor bardzo uważnie słuchał ich argumentacji.
Und er akzeptierte die Argumentation genauso wie seine Mutter.
I on przyjął ten argument tak samo jak jego matka.
Später musste sie jedoch mit Gewalt zurückgehalten werden.
Później jednak trzeba było ją powstrzymać siłą.
"Lasst mich zu Gregor hinein, er ist mein unglücklicher Sohn!"
"Wpuśćcie mnie do Gregora, to mój nieszczęsny syn!"
"Verstehst du denn nicht, dass ich ihn aufsuchen muss?"
"Czy nie rozumiesz, że muszę go odwiedzić?"
Gregor ließ sich ebenfalls von den Argumenten seiner Mutter überzeugen.
Gregor również dał się przekonać argumentom matki.
Vielleicht hatte sie recht; es wäre gut, wenn sie hereinkäme.
Może miała rację; dobrze by było, gdyby weszła.
Ihn jeden Tag zu besuchen, wäre viel zu viel.
Przychodzenie do niego każdego dnia byłoby dla mnie zbyt dużym obciążeniem.
Aber ihn vielleicht einmal pro Woche zu sehen, könnte genügen.
Ale widywanie go raz w tygodniu może być wystarczające.
Sie versteht die Dinge vielleicht viel besser als die Schwester.
Ona może rozumieć sprawy znacznie lepiej niż jej siostra.
Trotz all ihres Mutes war sie doch nur ein Kind.
Pomimo całej swojej odwagi, była nadal tylko dzieckiem.

Vielleicht war es kindliche Unbekümmertheit, die sie dazu veranlasste, diese Aufgabe anzunehmen.

Być może podjęła się tego zadania z powodu swojej dziecinnej lekkomyślności.

Doch Gregors Wunsch, seine Mutter wiederzusehen, ging bald in Erfüllung.

Ale życzenie Gregora, aby zobaczyć swoją matkę, wkrótce się spełniło.

Tagsüber hielt sich Gregor vom Fenster fern.

W ciągu dnia Gregor trzymał się z dala od okna.

Dies tat er aus Rücksicht auf seine Eltern.

Uczynił to ze względu na swoich rodziców.

Er hatte nicht viel Platz, um auf dem Boden herumzukriechen.

Nie miał zbyt wiele miejsca na poruszanie się po podłodze.

Es fiel ihm schwer, nachts still zu liegen.

Trudno mu było leżeć nieruchomo w nocy.

Das Essen bereitete ihm nicht einmal mehr die geringste Freude.

Jedzenie nie sprawiało mu już najmniejszej przyjemności.

Natürlich musste er sich irgendwie ablenken.

Oczywiście musiał znaleźć jakiś sposób, żeby odwrócić uwagę.

Um sich die Zeit zu vertreiben, kletterte er die Wände rauf und runter.

Aby się rozerwać, wspinał się i schodził po ścianach.

Und er kroch auch kopfüber an der Decke entlang.

I pełzał także po suficie, głową w dół.

Besonders glücklich war er, als er von der Decke hing.

Był szczególnie szczęśliwy, gdy wisiał pod sufitem.

Es war etwas völlig anderes, als auf dem Boden zu liegen.

To było zupełnie co innego niż leżenie na podłodze.

In dieser Position fiel ihm das Atmen deutlich leichter.

W tej pozycji oddychało mu się o wiele łatwiej.

Ein leichtes, aber angenehmes Kribbeln durchfuhr seinen Körper.

Lekkie, ale przyjemne wibracje przeszły jego ciało.

Manchmal gab er sich seinem Glück sogar zu sehr hin.
Czasem wręcz za bardzo rozluźniał się w swoim szczęściu.
Manchmal ließ er sich ablenken und ließ die Decke los.
Czasami rozpraszał się i puszczał sufit.
Und zu seiner eigenen Überraschung landete er wieder auf dem Boden.
I ku swojemu zaskoczeniu wylądował z powrotem na ziemi.
Aber er hatte seinen Körper deutlich besser unter Kontrolle als zuvor.
Ale miał o wiele lepszą kontrolę nad swoim ciałem niż wcześniej.
So verletzte er sich nun nicht mehr bei so heftigen Stürzen.
Żeby teraz nie zrobił sobie krzywdy na skutek tak dużych upadków.
Die Schwester bemerkte sofort Gregors neue Freude.
Siostra natychmiast zauważyła nową przyjemność Gregora.
Und dort, wo er gekrochen war, waren Klebstoffreste zu sehen.
A tam, gdzie się czołgał, były ślady kleju.
Auch hier dachte die Schwester an Gregors Wohlbefinden.
I tu siostra znów pomyślała o zdrowiu Gregora.
Vielleicht würde er mehr Platz zum Herumkriechen begrüßen.
Być może doceniłby większą przestrzeń do czołgania się.
Und der Gedanke hatte sich fest in ihrem Kopf verankert.
I pomysł ten na dobre zagościł w jej głowie.
Einige der großen Möbelstücke behinderten seine Bewegungsfreiheit.
Niektóre duże meble uniemożliwiały mu swobodne poruszanie się.
Da er nicht mehr arbeitete, brauchte er den Schreibtisch nicht mehr.
Już nie pracował, więc biurko nie było mu potrzebne.
Und die Schachtel nahm auch mehr Platz ein als nötig. ***
A pudełko zajmowało więcej miejsca, niż było potrzeba. ***
Die Schwester war nicht in der Lage, diese Dinge allein zu bewegen.

Siostra nie była w stanie sama przenieść tych rzeczy.
Natürlich wagte sie es nicht, den Vater um Hilfe zu bitten.
Oczywiście nie odważyła się prosić ojca o pomoc.
Das Dienstmädchen hätte ihr sicherlich auch nicht geholfen.
Służąca z pewnością też by jej nie pomogła.
Das neue Dienstmädchen war tatsächlich ein Jahr jünger als sie.
Nowa pokojówka była od niej o rok młodsza.
Sie hatte mutig die Rolle der ehemaligen Magd übernommen.
Odważnie przyjęła rolę byłej pokojówki.
Doch ein Privileg wollte sie unbedingt haben.
Ale była jedna rzecz, na której bardzo jej zależało.
Sie wollte die Küche stets verschlossen halten.
Chciała, żeby kuchnia była zawsze zamknięta.
Daher blieb der Schwester nichts anderes übrig, als ihre Mutter zu fragen.
Więc siostra nie miała innego wyjścia, jak tylko zapytać matkę.
Unter Freudenschreien kam die Mutter herbei, um zu helfen.
Matka z okrzykami radości przyszła na pomoc.
Doch an der Tür zu Gregors Zimmer verstummte sie.
Ale przy drzwiach pokoju Gregora zapadła cisza.
Die Schwester überprüfte, ob im Zimmer alles in Ordnung war.
Siostra sprawdziła czy wszystko w pokoju jest w porządku.
Gregor hatte das Bettlaken hastig noch straffer gezogen.
Gregor pospiesznie jeszcze mocniej naciągnął prześcieradło.
Obwohl das Bettlaken immer noch willkürlich angeordnet aussah.
Chociaż prześcieradło nadal wyglądało na chaotycznie ułożone.
Erst dann ließ sie ihre Mutter ins Zimmer.
Dopiero wtedy pozwoliła matce wejść do pokoju.
Gregor verzichtete auch darauf, unter dem Laken hervorzuspähen.

Gregor również powstrzymał się od podglądania spod prześcieradła.

Er beschloss, diesmal auf einen Besuch bei seiner Mutter zu verzichten.

Tym razem postanowił nie widzieć się z matką.

Gregor war schon froh genug, dass sie überhaupt gekommen war.

Gregor był zadowolony, że ona w ogóle przyszła.

„Komm herein, du kannst ihn nicht sehen", sagte die Schwester.

„Wejdź, nie możesz go zobaczyć" – powiedziała siostra.

Gregor nahm an, dass sie ihre Mutter an der Hand führte.

Gregor założył, że prowadziła matkę za rękę.

Dann hörte er, wie die beiden schwachen Frauen die Möbel verrückten.

Potem usłyszał, jak dwie słabe kobiety przesuwają meble.

Die Schwester schien den größten Teil der Arbeit für sich zu beanspruchen.

Wygląda na to, że siostra przypisywała sobie większość obowiązków.

Ihre Mutter befürchtete, sie würde sich überanstrengen.

Jej matka obawiała się, że córka się przemęczy.

Doch die Schwester schenkte diesen Warnungen keine Beachtung.

Jednak siostra nie zwróciła uwagi na te ostrzeżenia.

Doch auch nach fünfzehn Minuten ging es nur sehr langsam voran.

Ale nawet po piętnastu minutach postęp był bardzo powolny.

Es war ihnen nicht gelungen, die Möbel weit zu bewegen.

Nie udało im się przesunąć mebli zbyt daleko.

Langsam beschlich sie ein Gefühl der Niederlage.

Powoli zaczęli odczuwać poczucie porażki.

Die Mutter war die Erste, die die Sinnlosigkeit eingestand.

Matka pierwsza przyznała, że to daremne.

"Vielleicht wäre es besser, die Schachtel hier zu lassen."

„Może lepiej byłoby zostawić pudełko tutaj".

„Die Kiste ist zu schwer, als dass wir sie noch viel weiter bewegen könnten."

„Skrzynia jest za ciężka, żebyśmy mogli ją przesunąć dalej".

„Und wir werden nicht fertig sein, bevor dein Vater eintrifft."

„I nie skończymy, dopóki nie przybędzie twój ojciec".

„Wenn wir die Kiste hier lassen würden, würde das seinen Weg nur noch mehr versperren."

„Zostawienie skrzynki tutaj jeszcze bardziej zablokowałoby mu drogę.

Und können wir sicher sein, dass wir ihm damit einen Gefallen tun?

„Czy możemy być pewni, że robimy mu przysługę?"

Sie begannen zu glauben, dass das Gegenteil durchaus der Fall sein könnte.

Zaczęli myśleć, że może być odwrotnie.

Der Anblick der leeren Wand lastete schwer auf ihrem Herzen.

Widok pustej ściany ciążył jej na sercu.

Was spricht dagegen, dass Gregor das auch so empfinden würde?

A co powiecie na to, że Gregor nie czułby tego samego?

„Er hat sich bereits an die Möbel in seinem Zimmer gewöhnt."

„On już przyzwyczaił się do mebli w swoim pokoju."

„In einem leeren Zimmer könnte er sich noch verlassener fühlen."

„W pustym pokoju mógłby czuć się jeszcze bardziej opuszczony".

Ihre Stimme war inzwischen fast zu einem Flüstern gesunken.

Jej głos zniżył się już niemal do szeptu.

Sie wusste tatsächlich nicht, wo sich Gregor genau aufhielt.

Tak naprawdę nie wiedziała, gdzie dokładnie znajduje się Gregor.

Sie wollte nicht einmal, dass er ihre Stimme hörte.

Nie chciała, żeby w ogóle usłyszał dźwięk jej głosu.

Obwohl sie sich sicher war, dass er sie nicht verstand.

Choć była pewna, że jej nie zrozumiał.

„Würde es nicht so aussehen, als hätten wir ihn völlig aufgegeben?"

„Czyż nie będzie tak, jakbyśmy całkowicie się go pozbyli?"

"Wird er nicht das Gefühl haben, dass wir ihn mit der Situation allein lassen?"

„Czy nie będzie miał wrażenia, że zostawiamy go samemu sobie?"

„Wir sollten den Raum genau so verlassen, wie er war."

„Powinniśmy zostawić pokój dokładnie w takim stanie, w jakim był."

„Irgendwann wird Gregor zu uns zurückkehren, so wie er war."

„Gregor w końcu wróci do nas taki, jaki był."

„Dann wird er feststellen, dass alles noch an seinem Platz ist."

„Wtedy odkryje, że wszystko jest na swoim miejscu".

„Und er wird die Übergangszeit viel leichter vergessen."

„I o wiele łatwiej będzie mu zapomnieć o okresie przejściowym".

Als Gregor diese Worte hörte, begriff er etwas.

Kiedy Gregor usłyszał te słowa, coś sobie uświadomił.

Sein Verstand war in den letzten zwei Monaten verwirrt worden.

W ciągu ostatnich dwóch miesięcy jego umysł stał się zdezorientowany.

Der Mangel an menschlicher Interaktion hatte ihm nicht gutgetan.

Brak kontaktu z ludźmi nie był dla niego dobry.

Er brauchte das eintönige Leben im Kreise seiner Familie wirklich.

Naprawdę potrzebował monotonnego życia pośród rodziny.

Warum sonst hätte er eine solch unsinnige Forderung gestellt?

Po co innego wysunąłby tak bezsensowne żądanie?

Welchen Sinn sollte es denn haben, sein Zimmer zu räumen?

Jaki sens miało opróżnianie pokoju?

Das gemütliche Zimmer war mit geerbten Möbeln eingerichtet.

Komfortowy pokój umeblowany odziedziczonymi meblami.

Warum sollte er diese bekannte Wärme in eine Höhle verwandeln wollen?

Po co miałby chcieć zamienić to znane ciepło w jaskinię?

Eine Höhle, in der er ungestört in alle Richtungen kriechen konnte.

Jaskinia, w której mógł spokojnie poruszać się we wszystkich kierunkach.

Doch in einer Höhle vergaß er rasch seine menschliche Vergangenheit.

Ale była to jaskinia, w której szybko zapomniał o swojej ludzkiej przeszłości.

Er fragte sich, ob er schon kurz davor war, alles zu vergessen.

Zastanawiał się, czy nie jest już bliski zapomnienia.

Die Stimme seiner Mutter hatte ihn aufgerüttelt und seine Erinnerung wachgerufen.

Głos matki wstrząsnął nim i przywołał wspomnienia.

Die Stimme, die er so lange nicht gehört hatte.

Głos, którego nie słyszał od tak dawna.

Nichts durfte entfernt werden; alles musste bleiben.

Niczego nie należało usuwać; wszystko musiało pozostać.

Die Möbel wirkten sich positiv auf seinen Zustand aus.

Meble rzeczywiście wpłynęły pozytywnie na jego stan.

Und ohne diesen Anker zur Vergangenheit konnte er nicht zurechtkommen.

A bez tego odniesienia do przeszłości nie mógłby sobie poradzić.

Die Möbel hinderten ihn daran, sinnlos herumzukriechen.

Meble uniemożliwiały mu bezsensowne czołganie się.

Das war aber kein Verlust, sondern vielmehr ein großer Vorteil.

Ale to nie była żadna strata; wręcz przeciwnie, była to wielka
korzyść.
Leider hatte die Schwester eine ganz andere Meinung.
Niestety siostra miała zupełnie inne zdanie.
**Sie war gewissermaßen zu einer Sprecherin Gregors
geworden.**
Stała się w pewnym sensie rzeczniczką Gregora.
Natürlich war ihre Meinung nicht völlig unberechtigt.
Oczywiście jej opinia nie była całkowicie bezpodstawna.
**Doch der Meinung ihrer Mutter musste hier widersprochen
werden.**
Jednak w tej kwestii trzeba było zaprzeczyć opinii jej matki.
Es war nicht nur die Kiste, die nun entfernt werden musste.
Teraz trzeba było usunąć nie tylko pudełko.
**Sein Schreibtisch und der Kleiderschrank konnten ebenfalls
nicht bleiben.**
Jego biurko i szafa również nie mogły pozostać.
Das Einzige, was unverzichtbar war, war das Sofa.
Jedyną niezbędną rzeczą była sofa.
**Sie hat diese Entscheidung nicht aus kindischem Trotz
getroffen.**
Nie podjęła tej decyzji z dziecinnego uporu.
**Es lag auch nicht an ihrem erst kürzlich gewonnenen
Selbstvertrauen.**
Nie była to również pewność siebie, którą niedawno nabyła.
**Das neue Selbstvertrauen, das sie hatte, trieb sie an, so hart
für den Sieg zu arbeiten.**
Nowa pewność siebie, którą musiała tak ciężko wypracować,
aby wygrać.
**Auch wenn niemand erwartet hatte, dass sie dazu in der
Lage sein würde.**
Choć nikt nie spodziewał się, że będzie w stanie to zrobić.
Gregor brauchte tatsächlich viel Platz zum Kriechen.
Gregor rzeczywiście potrzebował dużo miejsca, żeby się
czołgać.
**Die Möbel schränkten den ihm zur Verfügung stehenden
Raum zusätzlich ein.**

Meble ograniczały jedynie przestrzeń, jaką miał do dyspozycji.
Sie konnte diese Dinge besser sehen als die Mutter.
Ona widziała te rzeczy lepiej niż jej matka.
Aber vielleicht spielte auch ihre romantische Ader eine Rolle.
Ale być może jej romantyczny duch również odegrał pewną rolę.
Mädchen in diesem Alter entwickeln oft eine gewisse Begeisterung.
Dziewczęta w tym wieku często zyskują pewien entuzjazm.
Und sie verspüren das Bedürfnis, ihren Willen durchzusetzen, wann immer es ihnen möglich ist.
I czują potrzebę stawiania na swoim, kiedy tylko mogą.
Vielleicht wollte sie ihn deshalb heimlich sabotieren.
Być może dlatego chciała go potajemnie sabotować.
Noch furchterregender ist er, wenn er an den Wänden entlangkriecht.
Jest jeszcze straszniejszy, gdy pełza po ścianach.
Die Eltern trauten sich nicht mehr, das Zimmer zu betreten.
Rodzice nie odważyli się już wejść do pokoju.
Sie wäre tatsächlich die alleinige Betreuerin ihres Bruders.
Byłaby jedyną opiekunką swojego brata.
Sie ließ sich von ihrer Mutter nicht umstimmen.
Nie dała się namówić matce, żeby zmieniła zdanie.
Gregors Mutter fühlte sich in dem Zimmer bereits unwohl.
Matka Gregora już czuła się nieswojo w pokoju.
Sie hörte bald auf zu sprechen und half ihrer Tochter erneut.
Wkrótce przestała mówić i ponownie pomogła córce.
Mit ihren letzten Kräften entfernten sie den Kleiderschrank.
Resztkami sił usunęli szafę.
Auf die Kommode konnte er verzichten.
Komoda była czymś, bez czego mógł się obejść.
Der Schreibtisch musste aber vorerst dort bleiben.
Ale biurko musiało na razie pozostać na swoim miejscu.
Während die Frauen weg waren, versuchte er, sich einen Überblick über den Raum zu verschaffen.

Kiedy kobiety odeszły, próbował rozejrzeć się po
pomieszczeniu.
Und Gregor streckte seinen Kopf unter dem Sofa hervor.
I Gregor wystawił głowę spod kanapy.
Er musste sehen, was er in dieser Situation tun konnte.
Musiał zobaczyć, co da się zrobić w tej sytuacji.
Aber er war so vorsichtig und rücksichtsvoll wie möglich.
Ale był tak ostrożny i rozważny, jak to tylko możliwe.
Leider war es die Mutter, die zuerst zurückkehrte.
Niestety to matka wróciła pierwsza.
**Grete war noch dabei, den Kleiderschrank im Nebenzimmer
umzustellen.**
Grete nadal przesuwała szafę w sąsiednim pokoju.
Die Mutter war den Anblick Gregors jedoch nicht gewohnt.
Ale matka nie była przyzwyczajona do widoku Gregora.
**Schon ein flüchtiger Blick auf ihn hätte sie krank machen
können.**
Nawet jedno spojrzenie na niego mogło wywołać u niej
chorobę.
Gregor eilte rückwärts zum anderen Ende des Sofas.
Gregor pospiesznie cofnął się na sam koniec sofy.
**Aber er konnte sich nicht zurücklehnen und das Bettlaken
ausbalancieren.**
Ale nie mógł się cofnąć i utrzymać równowagi na
prześcieradle.
**Die Bewegung reichte aus, um die Aufmerksamkeit der
Mutter zu erregen.**
Ruch wystarczył, aby zwrócić uwagę matki.
Sie hielt inne und verharrte einen kurzen Moment ganz still.
Zatrzymała się i przez krótką chwilę stała zupełnie
nieruchomo.
Dann drehte sie sich um und verließ das Zimmer wieder.
Następnie odwróciła się i wyszła z pokoju.
**Gregor redete sich immer wieder ein, dass nichts
Ungewöhnliches passiert sei.**
Gregor cały czas powtarzał sobie, że nic niezwykłego się nie
wydarzyło.

„Es handelt sich lediglich um ein paar Möbelstücke, die weggebracht wurden."

„To tylko trochę mebli, które zabrano."

Doch schon bald musste er zugeben, dass ihn die Ereignisse mitgenommen hatten.

Jednak wkrótce musiał przyznać, że wydarzenia te wywarły na niego wpływ.

Die Frauen hatten alles, was sie taten, auch gesagt.

Kobiety opowiadały wszystko, co robiły.

Sie waren im Zimmer auf und ab gegangen.

Chodzili tam i z powrotem po pokoju.

Das Kratzen aller Möbelstücke auf dem Boden.

Drapanie wszystkich mebli na podłodze.

Er hatte das Gefühl, von allen Seiten angegriffen zu werden.

Miał wrażenie, że jest atakowany ze wszystkich stron.

Er zog Kopf und Beine so fest wie möglich an.

Przyciągnął głowę i nogi tak mocno, jak tylko mógł.

Mit aller Kraft presste er seinen Körper zu Boden.

Całą siłą przycisnął ciało do ziemi.

Er wusste, dass er das alles nicht mehr lange aushalten konnte.

Wiedział, że nie będzie w stanie znosić tego wszystkiego zbyt długo.

Sie räumten sein Zimmer aus und nahmen alles mit, was ihm lieb und teuer war.

Opróżnili jego pokój i zabrali wszystko, co kochał.

Sie hatten bereits die Kiste mit all seinen Werkzeugen mitgenommen.

Zabrali już skrzynkę zawierającą wszystkie jego narzędzia.

Nun lockerten sie seinen schweren Schreibtisch vom Boden.

Teraz odsuwali jego ciężkie biurko od podłogi.

Der Schreibtisch, an dem er nach seiner Rückkehr von der Arbeit gearbeitet hatte.

Biurko, przy którym pracował po powrocie z pracy.

Der Schreibtisch, an dem er seine Geschäftsaufgaben erledigt hatte.

Biurko, na którym pisał swoje zlecenia biznesowe.

Der Schreibtisch, an dem er in der Sekundarschule seine Hausaufgaben gemacht hatte.

Biurko, przy którym odrabiał lekcje w szkole średniej.

Ja, diesen Schreibtisch hatte er schon in der Grundschule.

Tak, miał już to biurko w szkole podstawowej.

Er hatte wirklich keine Zeit, sich von ihren guten Absichten zu überzeugen.

Naprawdę nie miał czasu, żeby sprawdzić ich dobre intencje.

Obwohl er beinahe vergessen hatte, dass sie überhaupt da waren.

Choć niemal zapomniał, że i tak tam byli.

Weil sie vor Erschöpfung still arbeiteten.

Ponieważ pracowali w milczeniu, z powodu wyczerpania.

Sie waren zu müde, um ihre Bewegungen jetzt noch bekannt zu geben.

Byli już zbyt zmęczeni, żeby ogłaszać swoje ruchy.

Alles, was er hörte, waren ihre schweren Schritte auf dem Boden.

Słyszał jedynie ich ciężkie kroki na podłodze.

Genau in diesem Moment lehnten sie an der Kiste.

Właśnie w tym momencie opierali się o pudełko.

Und da kam Gregor unter dem Sofa hervor.

I wtedy Gregor wyszedł spod kanapy.

Er änderte viermal seine Laufrichtung.

Czterokrotnie zmieniał kierunek biegu.

Er konnte sich nicht entscheiden, welcher Gegenstand zuerst gerettet werden musste.

Nie mógł się zdecydować, który przedmiot trzeba zapisać jako pierwszy.

Plötzlich richtete sich sein Blick auf die leere Wand.

Nagle jego uwagę przykuła pusta ściana.

Alles, was sie ihm hinterlassen hatten, war das Bild der Dame im Pelzmantel.

Wszystko, co mu zostawili, to zdjęcie kobiety w futrze.

Er kroch zu dem Bild und drückte seinen Körper an sie.

Podszedł do obrazu i przytulił się do niej całym ciałem.

Und sein Körper verdeckte vollständig das Bild.

A jego ciało całkowicie zasłaniało widok na obraz.
Das Glas stützte ihn und kühlte seinen heißen Bauch.
Szkło podtrzymywało go i łagodziło jego gorący brzuch.
Dieses Foto konnte ihm nicht mehr abgenommen werden.
Tego zdjęcia nie dało się mu już odebrać.
Dann wandte er den Kopf zur Wohnzimmertür.
Następnie odwrócił głowę w stronę drzwi salonu.
Er wollte zusehen, wie die Frauen ins Zimmer zurückkehrten.
Zamierzał obserwować, jak kobiety wracają do pokoju.
Und sie ruhten sich nicht lange aus, bevor sie wieder zurückkehrten.
I nie odpoczywali długo, bo już wrócili.
Grete hatte den Arm um ihre Mutter gelegt, um ihr beim Gehen zu helfen.
Grete objęła matkę ramieniem i pomogła jej chodzić.
„Was sollen wir denn jetzt nehmen?", fragte Grete und blickte sich um.
„Co teraz weźmiemy?" zapytała Greta i rozejrzała się dookoła.
Genau in diesem Moment trafen sich ihre Blicke mit Gregors.
Właśnie w tym momencie jej wzrok spotkał się ze wzrokiem Gregora.
Trotz des Schocks behielt sie die Fassung.
Pomimo szoku zachowała przytomność umysłu.
Vermutlich nur wegen der Anwesenheit ihrer Mutter.
Prawdopodobnie tylko ze względu na obecność matki.
Sie neigte ihr Gesicht zu ihrer Mutter und verdeckte ihr die Sicht.
Pochyliła twarz w stronę matki, zasłaniając jej widok.
Und dann sagte sie, zitternd und gedankenlos:
A potem rzekła, choć drżąca i bezmyślna:
"Kommt schon, sollten wir nicht zurück ins Wohnzimmer gehen?"
„No, chodźmy, może wrócimy do salonu?"
Gregor konnte die Absichten der Schwester leicht verstehen.
Gregor bez trudu zrozumiał intencje siostry.

Ihre oberste Priorität war es, ihre Mutter in Sicherheit zu bringen.

Jej priorytetem było zapewnienie bezpieczeństwa matce.

Aber dann wollte sie ihn von der Mauer herunterjagen.

Ale potem miała zamiar go zepchnąć ze ściany.

„Nun, sie kann es ja versuchen!", dachte Gregor bei sich.

„Cóż, na pewno może spróbować!" – pomyślał w duchu Gregor.

Er behielt sein Bild fest im Blick und gab es nicht her.

Mocno trzymał się swojego obrazu i nie odstępował go.

Am liebsten wäre er der Schwester ins Gesicht gesprungen.

Wolałby rzucić się siostrze w twarz.

Doch Gretes Worte hatten ihre Mutter noch mehr beunruhigt.

Ale słowa Grete zmartwiły jej matkę jeszcze bardziej.

Sie trat beiseite, um zu sehen, was vor ihr verborgen wurde.

Odsunęła się, żeby zobaczyć, co przed nią ukrywano.

Und sie sah den braunen Fleck auf der geblümten Tapete.

I zobaczyła brązową plamę na kwiecistej tapecie.

Und sie schrie auf, noch bevor sie merkte, dass es Gregor war.

I krzyknęła, zanim jeszcze zdała sobie sprawę, że to Gregor.

"Oh Gott", schrie sie mit ausgestreckten Armen.

„O Boże!" krzyknęła, wyciągając ramiona.

Und sie sank auf die Couch, als hätte sie aufgegeben.

I opadła na kanapę, jakby się poddała.

„Gregor!", rief die Schwester ihm mit erhobener Faust zu.

"Gregor!" krzyknęła siostra, unosząc pięść.

Und sie warf ihm einen langen, harten und durchdringenden Blick zu.

I rzuciła mu długie, twarde i przenikliwe spojrzenie.

Dies war das erste Mal, dass sie direkt mit ihm gesprochen hatte.

To był pierwszy raz, kiedy rozmawiała z nim bezpośrednio.

Sie rannte ins Nebenzimmer, um Riechsalz zu holen.

Pobiegła do sąsiedniego pokoju, aby przynieść sole trzeźwiące.

Sie musste ihre Mutter wieder zum Bewusstsein bringen.
Musiała przywrócić matce świadomość.
**Gregor wollte helfen, er konnte das Bild später
aufbewahren.**
Gregor chciał pomóc, mógł zapisać zdjęcie później.
Doch er war fest an der Glasscheibe festgeklebt.
Jednak on mocno przywarł do szkła.
Deshalb musste er sich mit großer Kraft losreißen.
Musiał więc użyć dużej siły, żeby się wyrwać.
**Auch er rannte in den nächsten Raum, wo sich die
Schwester befand.**
On również pobiegł do sąsiedniego pokoju, gdzie znajdowała
się siostra.
Früher hätte er ihr vielleicht einen Rat geben können.
Dawniej mógłby jej udzielić jakiejś rady.
**Doch nun konnte er nichts anderes tun, als tatenlos
zuzusehen.**
Ale teraz nie mógł nic zrobić, tylko stać bezczynnie i
obserwować.
**Sie durchwühlte die Schublade und öffnete verschiedene
Flaschen.**
Przeszukała szufladę, otwierając różne butelki.
Und er erschreckte sie immer noch, als sie sich umdrehte.
I nadal ją przerażał, gdy się odwracała.
Eine Flasche fiel zu Boden, zerbrach und splitterte.
Butelka spadła na podłogę, rozbiła się i rozpadła.
Ein Glassplitter traf Gregor im Gesicht und verletzte ihn.
Odłamek szkła uderzył Gregora w twarz i go zranił.
Die Flasche hatte eine Art ätzende Flüssigkeit enthalten.
W butelce znajdowała się jakaś żrąca ciecz.
**Und nun brannte die ätzende Flüssigkeit auf Gregors
Gesicht.**
A teraz żrąca ciecz paliła twarz Gregora.
**Die Schwester hatte jedoch im Moment keine Zeit für
Gregor.**
Siostra jednak nie miała teraz czasu dla Gregora.
Sie sammelte so viele Flaschen ein, wie sie tragen konnte.

Zebrała tyle butelek, ile mogła.

Und sie rannte mit der Medizin zurück zu ihrer Mutter.

I pobiegła z powrotem do matki z lekarstwem.

Sie schlug die Tür mit dem Fuß zu und schloss Gregor aus.

Zatrzasnęła drzwi nogą, zamykając Gregora przed wejściem.

Nun war er von seiner möglicherweise sterbenden Mutter abgeschnitten.

Został odcięty od swojej potencjalnie umierającej matki.

Wenn er die Tür öffnete, würde er die Schwester verjagen.

Gdyby otworzył drzwi, wypędziłby siostrę.

Aber natürlich musste sie bleiben, um sich um die Mutter zu kümmern.

Ale oczywiście musiała zostać, żeby zaopiekować się matką.

Es gab für ihn nichts anderes zu tun, als auf sie zu warten.

Teraz nie mógł już nic zrobić, tylko czekać na nich.

Von Selbstvorwürfen und Angst geplagt, begann er zu kriechen.

Dręczony wyrzutami sumienia i lękiem, zaczął się czołgać.

Er kroch überall hin; an Wänden, Möbeln, der Decke.

Pełzał wszędzie: po ścianach, meblach, suficie.

Er hatte das Gefühl, als würde sich der ganze Raum um ihn drehen.

Miał wrażenie, że cały pokój wiruje wokół niego.

Schließlich fiel er, verzweifelt und schwindlig, wieder zu Boden.

W końcu, w rozpaczy i zawrotach głowy, upadł z powrotem.

Und er fiel direkt auf den großen Esstisch.

I upadł prosto na wielki stół w jadalni.

Er lag eine Weile da, betäubt und unfähig sich zu bewegen.

Leżał tam jakiś czas, otępiały i niezdolny do ruchu.

Er war erschöpft von all dem, was ihm dieser Tag gebracht hatte.

Był wyczerpany tym wszystkim, co przyniósł mu ten dzień.

Es herrschte ringsum Stille, aber vielleicht war das ein gutes Zeichen.

Wokół panowała cisza, ale może to był dobry znak.

Dann zerriss das Klingeln an der Haustür die Stille.

Wtem ciszę przerwał dźwięk dzwonka do drzwi.

Das Dienstmädchen hatte sich natürlich in ihrer Küche eingeschlossen.

Służąca oczywiście zamknęła się w kuchni.

Die Schwester war also die Einzige, die die Tür öffnen konnte.

Więc siostra była jedyną osobą, która mogła otworzyć drzwi.

„Was ist passiert?", fragte der Vater als Erstes.

„Co się stało?" to było pierwsze pytanie, jakie zadał ojciec.

Gretes Erscheinung hatte ihm wahrscheinlich alles verraten.

Wygląd Grety prawdopodobnie powiedział mu wszystko.

Gretes Stimme wurde beim Sprechen gedämpft und dumpf.

Głos Grety stawał się stłumiony i matowy, gdy mówiła.

Sie muss ihr Gesicht an die Brust ihres Vaters gedrückt haben.

Musiała przycisnąć twarz do piersi ojca.

„Mutter war bewusstlos, aber es geht ihr jetzt besser."

„Matka była nieprzytomna, ale teraz czuje się lepiej".

„Gregor ist entkommen", fügte sie hinzu, was er auch erwartet hatte.

„Gregor uciekł" – dodała, czego się spodziewał.

"Ich habe dir doch immer gesagt, dass er eines Tages ausbrechen würde."

Zawsze ci mówiłem, że pewnego dnia ucieknie.

„Aber ihr Frauen wolltet mir ja nicht zuhören, nicht wahr?"

„Ale wy, kobiety, nie chciałyście mnie słuchać, prawda?"

Gregor erkannte schnell, wie sein Vater die Dinge sehen würde.

Gregor szybko zdał sobie sprawę, jak postrzega tę sytuację jego ojciec.

Er hatte Gretes allzu kurze Nachricht falsch interpretiert.

Błędnie zinterpretował zbyt krótką wiadomość Grete.

Er nahm an, Gregor habe eine Gewalttat begangen.

Założył, że Gregor dopuścił się jakiegoś aktu przemocy.

Gregor musste einen Weg finden, seinen Vater irgendwie zu besänftigen.

Gregor musiał znaleźć sposób, aby w jakiś sposób udobruchać ojca.

Weil er keine Zeit hatte, ihm die Dinge zu erklären.

Ponieważ nie miał czasu, żeby mu to wszystko wyjaśnić.

Aber er hätte die Dinge ohnehin nicht erklären können.

Ale i tak nie byłby w stanie niczego wyjaśnić.

Da flüchtete er zur Tür und drückte sich dagegen.

Więc pobiegł do drzwi i przywarł do nich.

So konnte sein Vater ihn vom Vorzimmer aus sehen.

W ten sposób ojciec mógł go widzieć z przedpokoju.

Und er würde erkennen, dass er die besten Absichten hatte.

I mógłby zobaczyć, że miał najlepsze intencje.

Es war nicht nötig, ihn mit einem Besen zurückzudrängen.

Nie było potrzeby popychać go miotłą.

Der Vater hätte lediglich die Tür öffnen müssen.

Wszystko, co musiałby zrobić ojciec, to otworzyć drzwi.

Doch er hatte keine Lust, solche Feinheiten zu bemerken.

Ale nie miał nastroju, by zauważać takie subtelności.

"Da bist du ja!", rief er, sobald er eingetreten war.

"Tam jesteś!" wykrzyknął, wchodząc.

Es war, als wäre er gleichzeitig wütend und glücklich.

Wyglądało na to, że był jednocześnie zły i szczęśliwy.

Er zog den Kopf zurück und blickte zu seinem Vater auf.

Odchylił głowę i spojrzał na ojca.

Er hatte sich seinen Vater nicht so vorgestellt.

Nie wyobrażał sobie, że jego ojciec będzie tam stał w ten sposób.

Doch in letzter Zeit hatte er eine neue Ablenkung gefunden.

Jednak ostatnio znalazł nowe zajęcie.

Das Herumkriechen nahm nun einen großen Teil seines Tages ein.

Pełzanie zajmowało mu teraz większą część dnia.

Zuvor hatte er alle Neuigkeiten in der Wohnung im Blick behalten.

Wcześniej śledził wszystkie nowiny w mieszkaniu.

Aber in letzter Zeit hatte er nicht mehr so genau darauf geachtet.

Ale ostatnio nie zwracał na to aż tak dużej uwagi.

Er hätte auf Veränderungen vorbereitet sein müssen.

Powinien być przygotowany na zmiany.

Aber war dieser Mann vor ihm noch der Vater?

Czy jednak ów człowiek przed nim był nadal ojcem?

War er noch derselbe Mann, der früher müde in seinem Bett lag?

Czy to był ten sam człowiek, który kiedyś leżał zmęczony w łóżku?

Als Gregor bereits auf Geschäftsreise war.

Kiedy Gregor był już w podróży służbowej.

War er derselbe Mann, der ihn abends begrüßte?

Czy to był ten sam mężczyzna, który witał go wieczorami?

Als er in seinem Morgenmantel in seinem Sessel saß.

Gdy siedział w szlafroku i siedział w fotelu.

War er derselbe Mann, der nicht aufstehen konnte, um ihn zu begrüßen?

Czy to był ten sam człowiek, który nie mógł wstać, aby go powitać?

So blieb er sitzen und hob freudig den Arm.

Więc, pozostając w tym położeniu, podniósł rękę na znak radości.

War er derselbe Mann, mit dem er gelegentlich spazieren ging?

Czy to był ten sam mężczyzna, z którym od czasu do czasu spacerował?

In seltenen Fällen: an einigen Sonntagen im Jahr oder an Feiertagen.

W rzadkich przypadkach: kilka niedziel w roku lub świąt.

War er derselbe Mann, der in seinen Mantel gehüllt herüberkam?

Czy to był ten sam człowiek, który chodził owinięty w płaszcz?

Musste er sich langsam zwischen Mutter und ihm vorwärtsarbeiten?

Czy powoli posuwał się naprzód, między nim a matką?

Und sie gingen seinetwegen bereits langsam.

A oni już szli powoli z jego powodu.

Doch nun stand dieser Mann stark und aufrecht.

Ale teraz ten człowiek stał silny i wyprostowany.

Er trug eine blaue Uniform mit goldenen Knöpfen.

Ubrany był w niebieski mundur ze złotymi guzikami.

Knöpfe, die die Angestellten der Bankinstitute tragen.

Guziki, które noszą pracownicy instytucji bankowych.

Über dem steifen Kragen trat sein markantes Doppelkinn hervor.

Spod sztywnego kołnierza wyłaniał się jego wyraźny podwójny podbródek.

Unter seinen buschigen Augenbrauen blickten seine schwarzen Augen hervor.

Spod krzaczastych brwi patrzyły jego czarne oczy.

Seine Augen wirkten nun durchdringend, frisch und aufmerksam.

Teraz jego oczy stały się przenikliwe, świeże i czujne.

Das zuvor zerzauste weiße Haar wurde glatt gekämmt.

Wcześniej rozczochrane, białe włosy były zaczesane do tyłu.

Und sein Haar hatte nun einen sorgfältigen Mittelscheitel.

A jego włosy miały teraz starannie wycięty przedziałek pośrodku.

Er warf seinen Hut weg, der mit einem goldenen Monogramm verziert war.

Zrzucił kapelusz, na którym znajdował się złoty monogram.

Es handelte sich wahrscheinlich um das Monogramm der Bank, für die er arbeitete.

Prawdopodobnie był to monogram banku, w którym pracował.

Und der Hut landete auf dem Sofa, um später weggeräumt zu werden.

A kapelusz wylądował na sofie, żeby go później schować.

Er schob den Saum der langen Uniformjacke zurück.

Odsunął dół długiej kurtki munduru.

Und er steckte seine Daumen in die Hosentaschen.

I włożył kciuki do kieszeni spodni.

Und dann ging er mit finsterer Miene auf Gregor zu.

A potem, z ponurą miną, podszedł do Gregora.

Er wusste wahrscheinlich selbst noch nicht, was er vorhatte.

Prawdopodobnie nawet nie wiedział, co zamierza zrobić.

Dennoch hob er die Füße ungewöhnlich hoch.

Mimo wszystko podniósł stopy niezwykle wysoko.

Gregor staunte über die enorme Größe seiner Stiefel.

Gregor był zdumiony ogromem swoich butów.

Doch dafür blieb wirklich keine Zeit, seine Schuhe zu bewundern.

Ale nie było czasu na podziwianie jego butów.

Der Vater hatte sich für eine sehr strenge Disziplin entschieden.

Ojciec zdecydował się na bardzo surową dyscyplinę.

Für Gregor war nur die größtmögliche Strenge angemessen.

Dla Gregora odpowiednia była tylko najwyższa surowość.

Das wusste er vom ersten Tag seiner Verwandlung an.

Wiedział o tym już pierwszego dnia swojej transformacji.

Er rannte zu seinem Vater und blieb stehen, als dieser stehen blieb.

Pobiegł do ojca i zatrzymał się, gdy ten się zatrzymał.

Als er sich wieder bewegte, huschte er erneut auf ihn zu.

Gdy ten znów się poruszył, pobiegł w jego stronę.

Der Vater hielt einen Moment inne, und Gregor tat es ihm gleich.

Ojciec na chwilę się zatrzymał, Gregor również.

Und sobald sich sein Vater bewegte, stürmte er wieder vorwärts.

I rzucił się naprzód znowu, gdy tylko jego ojciec się poruszył.

Auf diese Weise gingen sie mehrmals im Kreis um den Raum.

W ten sposób okrążyli pokój kilka razy.

Bislang hatte noch niemand einen entscheidenden Vorteil errungen.

Nikt jeszcze nie uzyskał decydującej przewagi.

Man konnte nicht den Eindruck einer Verfolgungsjagd gewinnen.

Nie można było odnieść wrażenia pościgu.

Weil das ganze Geschehen viel zu langsam vonstatten ging.

Ponieważ całe wydarzenie odbywało się zdecydowanie za wolno.

Gregor hatte beschlossen, am Boden zu bleiben.

Gregor postanowił, że zostanie na ziemi.

Er hätte die Wände hoch und an der Decke entlanglaufen können.

Mógł biegać po ścianach i wzdłuż sufitu.

Er wollte den Vater aber nicht unnötig provozieren.

Ale nie chciał niepotrzebnie prowokować ojca.

Eine solche Flucht hätte besonders verwerflich erscheinen können.

Taka ucieczka mogła wydawać się szczególnie niegodziwa.

Gregor räumte ein, dass diese Jagd nicht mehr lange dauern könne.

Gregor przyznał, że ten pościg nie może trwać dłużej.

Jeder Schritt erforderte eine Vielzahl von Bewegungen.

Każdy krok musiał wiązać się z niezliczoną ilością ruchów.

Er begann bereits Atemnot zu verspüren.

Zaczynał już odczuwać zadyszkę.

Schon vorher hatte er nie absolut zuverlässige Lungen gehabt.

Już wcześniej nie miałem płuc, na których mogłem całkowicie polegać.

Er taumelte dahin und sparte seine Kräfte für den Lauf.

Szedł chwiejnie, oszczędzając siły na bieg.

Er war so müde, dass er die Augen kaum noch offen halten konnte.

Był tak zmęczony, że ledwo mógł utrzymać otwarte oczy.

Seine Gedanken verlangsamten sich zu sehr, um an andere Fluchtmöglichkeiten zu denken.

Jego myśli stały się zbyt powolne, by mógł wymyślić inne sposoby ucieczki.

Er hatte fast vergessen, dass ihm die Wände zur Verfügung standen.

Prawie zapomniał, że ma dostęp do ścian.

Die Wände waren aber ohnehin hinter Möbeln verborgen.

Ale ściany i tak były ukryte za meblami.

Und die Möbel wiesen zu viele Kerben und Vorsprünge auf.

A meble miały za dużo wycięć i wystających elementów.

Und dann, direkt neben ihm, rollte ein Apfel.

A potem, tuż obok niego, toczyło się jabłko.

Ihm wurde klar, dass der Apfel nach ihm geworfen worden sein musste.

Uświadomił sobie, że ktoś musiał rzucić w niego jabłkiem.

Doch er hatte keine Zeit zum Nachdenken, da kam schon der nächste Apfel.

Ale nie zdążył się zastanowić, bo oto pojawiło się kolejne jabłko.

Gregor erstarrte vor Schreck über die neue Strategie seines Vaters.

Gregor zamarł zszokowany nową strategią ojca.

Er konnte durch einen Fluchtversuch nichts mehr gewinnen.

Nie mógł już nic zyskać próbując uciekać.

Der Vater hatte beschlossen, ihn mit Früchten zu überhäufen.

Ojciec postanowił bombardować go owocami.

Er hatte sich die Taschen mit Obst aus der Küchenschale gefüllt.

Napełnił kieszenie owocami z miski w kuchni.

Ohne besonders darauf zu zielen, warf er Apfel um Apfel.

Rzucał jabłkiem za jabłkiem, nie celując specjalnie.

Diese kleinen roten Äpfel rollten auf dem Boden herum.

Te małe czerwone jabłka toczyły się po ziemi.

Wie von einem Stromschlag getroffen, stießen die Äpfel aneinander.

Jabłka uderzały o siebie, jakby były porażone prądem.

Einer der schwach geworfenen Äpfel streifte Gregors Rücken.

Jedno z niedbale rzuconych jabłek musnęło plecy Gregora.

Zum Glück für ihn rutschte der Apfel harmlos herunter.

Na szczęście dla niego jabłko spadło bez szwanku.

Der anschließend geworfene Apfel traf jedoch genauer.

Jednakże jabłko rzucone później było bardziej celne.

Und dieser Apfel blieb tief in Gregors Rücken stecken.
A to jabłko utkwiło głęboko w plecach Gregora.
Gregor wollte sich vor dem Schmerz davonreißen.
Gregor chciał oderwać się od bólu.
Vielleicht ließe sich diesem neuen, unvorstellbaren Schmerz entkommen.
Być może uda się uniknąć tego nowego, niewiarygodnego bólu.
Vielleicht würde ein Ortswechsel seine Qualen lindern.
Być może zmiana miejsca zamieszkania złagodziłaby jego cierpienie.
Aber er fühlte sich, als wäre er am Boden festgenagelt.
Ale miał wrażenie, że został przybity do podłogi.
Er streckte sich aus, aber nur aufgrund seiner Verwirrung.
Wyciągnął się, ale tylko dlatego, że był zdezorientowany.
Erst mit seinem letzten Blick sah er, wie sich die Tür öffnete.
Dopiero ostatnim spojrzeniem zobaczył, że drzwi się otwierają.
Die Mutter stürzte vor die schreiende Schwester hinaus.
Matka wybiegła przed krzyczącą siostrę.
Die Schwester hatte sie ausgezogen, sodass sie nur noch ihr Hemd trug.
Siostra ją rozebrała, więc została w samej koszuli.
Sie hatte in ihrer Bewusstlosigkeit Freiraum gebraucht.
Potrzebowała chwili wytchnienia w swojej nieświadomości.
Er sah noch, wie die Mutter auf den Vater zulief.
Widział jeszcze, jak matka biegnie w stronę ojca.
Ihre Röcke rutschten einer nach dem anderen zu Boden.
Jej spódnice jedna po drugiej osuwały się na ziemię.
Er sah, wie sie auf den Vater zuging und über ihren Rock stolperte.
Zobaczył, jak podchodzi do ojca i potknęła się o spódnicę.
Sie umarmte ihn und bat darum, Gregors Leben zu verschonen.
Przytuliła go i poprosiła o darowanie życia Gregorowi.
In völliger Einheit mit seinem Körper versagte auch sein Augenlicht.

W całkowitym zjednoczeniu ze swoim ciałem, stracił wzrok.

Teil Drei
Część trzecia

Gregor litt über einen Monat lang unter der schweren Verletzung.
Gregor cierpiał na ciężką kontuzję przez ponad miesiąc.
Der Apfel steckte fest; niemand wagte es, ihn zu entfernen.
Jabłko pozostało osadzone w środku; nikt nie odważył się go wyjąć.
Der Apfel blieb als sichtbare Erinnerung in seinem Fleisch zurück.
Jabłko pozostało w jego ciele jako widoczna pamiątka.
Der Apfel diente dem Vater aber auch als Erinnerung.
Ale jabłko było również przypomnieniem dla ojca.
Ihm wurde klar, dass Gregor nicht wie ein Feind behandelt werden sollte.
Zdał sobie sprawę, że Gregora nie należy traktować jak wroga.
Im Moment mag sein Erscheinungsbild traurig und abstoßend wirken.
Obecnie jego wygląd może być smutny i odrażający.
Aber dennoch war er ein Mitglied ihrer Familie.
Mimo wszystko nadal był członkiem ich rodziny.
Der Widerwille musste überwunden und toleriert werden.
Trzeba było przełknąć i tolerować tę niechęć.
Aufgrund seiner Verletzung könnte seine Beweglichkeit für immer verloren sein.
Z powodu odniesionych obrażeń może utracić na zawsze możliwość poruszania się.
Er kroch immer noch in seinem Zimmer herum, aber viel langsamer.
Nadal poruszał się na czworakach po swoim pokoju, ale znacznie wolniej.

Kriechen in irgendeiner Höhe war völlig ausgeschlossen.

Pełzanie na jakiejkolwiek wysokości nie wchodziło w grę.

Gregor erhielt jedoch eine Form der Entschädigung.

Gregor otrzymał jednak jakąś formę rekompensaty.

Am Abend wurde ihm die Wohnzimmertür geöffnet.

Wieczorem otworzono mu drzwi do salonu.

Und er war der Ansicht, dass diese Wiedergutmachungszahlungen vollkommen angemessen seien.

Uważał, że te reparacje były całkowicie wystarczające.

Noch vor Einbruch der Dunkelheit begann er, die Tür zu beobachten.

Jeszcze przed wieczorem zaczął obserwować drzwi.

Er lag in der Dunkelheit, vom Wohnzimmer aus unsichtbar.

Leżał w ciemnościach, niewidoczny z salonu.

Er konnte die ganze Familie an dem beleuchteten Tisch sehen.

Widział całą rodzinę siedzącą przy oświetlonym stole.

Nun durfte er ihren Gesprächen zuhören.

Teraz pozwolono mu podsłuchiwać ich rozmowy.

Dies unterschied sich deutlich von ihrer vorherigen Vereinbarung.

To było zupełnie inne rozwiązanie od ich poprzedniego.

Die lebhaften Gespräche vergangener Zeiten waren verstummt.

Ożywione rozmowy dawnych czasów dobiegły końca.

Das waren die Gespräche, nach denen er sich immer gesehnt hatte.

To były rozmowy, za którymi tak tęsknił.

Als er allein in kleinen Hotelzimmern schlief.

Kiedy spał sam w małych pokojach hotelowych.

Als er sich in die feuchte Bettwäsche werfen musste.

Kiedy musiał rzucić się w wilgotną pościel.

Die Abende verliefen nun meist ruhig und ereignislos.

Ale wieczory były teraz przeważnie spokojne i pozbawione wydarzeń.

Der Vater schlief nach dem Abendessen in seinem Sessel ein.

Ojciec po obiedzie zasnął w fotelu.

Und Mutter und Schwester ermahnten einander zur Stille.

A matka i siostra namawiały się wzajemnie do milczenia.

Die Mutter beugte sich weit über die Lampe und nähte Leinen.

Matka, pochylając się nad światłem, szyła len.

Sie entwirft jetzt Kleider für eines der Modegeschäfte.

Teraz szyje sukienki dla jednego ze sklepów z modą.

Wie Gregor hatte auch die Schwester eine Stelle als Verkäuferin angenommen.

Podobnie jak Gregor, siostra podjęła pracę jako sprzedawczyni.

Sie lernte abends Stenografie und Französisch.

Wieczorami uczyła się stenografii i języka francuskiego.

Damit sie später vielleicht eine bessere Arbeitsstelle bekommen könnte.

Żeby później móc dostać lepszą pracę.

Manchmal wachte der Vater von seinem abendlichen Nickerchen auf.

Czasami ojciec budził się po wieczornej drzemce.

"Liebling, du nähst heute schon so lange!"

"Kochanie, już tak długo dzisiaj szyłaś!"

Er schien vergessen zu haben, dass er geschlafen hatte.

Wydawało się, że zapomniał, że spał.

Doch er fiel sofort wieder in seinen Schlaf zurück.

Jednak natychmiast znów zapadł w sen.

Und Mutter und Schwester lächelten einander müde an.

A matka i siostra uśmiechnęły się do siebie ze zmęczeniem.

Der Vater hatte eine seltsame neue Sturheit entwickelt.

U ojca rozwinęła się dziwna, nowa upartość.

Selbst zu Hause weigerte er sich, seine Dieneruniform auszuziehen.

Nawet w domu odmawiał zdjęcia munduru służącego.

Und sein Morgenmantel hing nutzlos am Kleiderbügel.

A jego szlafrok wisiał bezużytecznie na wieszaku.

So schlief der Vater, vollständig bekleidet, in seinem Sessel.
Więc ojciec spał, całkowicie ubrany, w swoim fotelu.
Es war, als ob er immer bereit wäre, seinen Dienst zu leisten.
Wyglądało na to, że zawsze był gotowy do służby.
Als ob er nur auf die Stimme seines Vorgesetzten gewartet hätte.
Jakby czekał tylko na głos swojego przełożonego.
Dies führte dazu, dass seine Uniform an Sauberkeit verlor.
Spowodowało to, że jego mundur stracił czystość.
Obwohl die Uniform auch nicht neu war, als er sie bekam.
Choć mundur też nie był nowy, kiedy go dostał.
Und die Mutter tat ihr Bestes, um die Uniform zu pflegen.
A matka starała się jak mogła dbać o mundur.
Gregor verbrachte ganze Abende damit, diese Uniform anzusehen.
Gregor spędzał całe wieczory oglądając ten mundur.
Er beobachtete, wie der alte Mann äußerst unbequem schlief.
Przyglądał się, jak starzec śpi w bardzo niewygodnych warunkach.
Doch im Schlaf bemerkte er auch etwas Friedliches.
Ale we śnie dostrzegł też coś spokojnego.
Als die Uhr zehn schlug, versuchte die Mutter, ihn zu wecken.
Gdy zegar wybił dziesiątą, matka próbowała go obudzić.
Sie sprach leise und überredete ihn, ins Bett zu gehen.
Mówiła cicho i przekonała go, żeby poszedł spać.
Denn auf dem Sessel zu schlafen war kein richtiger Schlaf.
Ponieważ spanie w fotelu nie było prawdziwym snem.
Er musste um sechs Uhr mit der Arbeit beginnen.
Musiał zaczynać pracę o szóstej.
Deshalb musste er unbedingt so gut wie möglich schlafen.
Więc naprawdę potrzebował jak najlepszego snu.
Doch er war von einer neuen Form der Sturheit ergriffen.
Jednak ogarnęła go nowa forma uporu.
Die Tatsache, dass er Diener geworden war, hatte begonnen, diese Wirkung auf ihn zu haben.

Rola służącego zaczęła mieć na niego taki wpływ.
Deshalb bestand er immer darauf, länger am Tisch zu bleiben.
Dlatego zawsze nalegał, żeby zostać przy stole dłużej.
Obwohl er regelmäßig wieder in seinem Sessel einschlief.
Choć regularnie zasypiał na krześle.
Und er ließ sich nur mit größter Mühe bewegen.
A jego ruchy były utrudnione jedynie z wielkim trudem.
Man musste ihm erklären, dass das Bett besser für ihn wäre.
Trzeba mu było powiedzieć, że łóżko będzie dla niego lepszym rozwiązaniem.
Mutter und Schwester mussten nachdrücklich darauf bestehen, oft mit nur wenigen Vorwarnungen.
Matka i siostra musiały nalegać, udzielając krótkich ostrzeżeń.
Fünfzehn Minuten lang schüttelte er nur langsam den Kopf.
Przez piętnaście minut tylko powoli pokręcił głową.
Und er hielt die Augen geschlossen und weigerte sich aufzustehen.
I trzymał oczy zamknięte i nie chciał wstać.
Die Mutter zupfte sanft, aber bestimmt an seinem Ärmel.
Matka pociągnęła go za rękaw, delikatnie, ale stanowczo.
Und sie flüsterte ihm schmeichelhafte Worte in seine müden Ohren.
I szeptała mu do zmęczonych uszu pochlebne słowa.
Die Schwester unterbrach ihre Arbeit, um ihrer Mutter zu helfen.
Siostra zrezygnowała z wykonywania swoich obowiązków, aby pomóc matce.
Doch keiner ihrer Versuche zeigte Wirkung beim Vater.
Ale żadne z ich działań nie odniosło skutku w przypadku ojca.
Er sank noch tiefer in seinen Stuhl, bereit zum Schlafen.
Zapadł się jeszcze głębiej w fotel, przygotowując się do snu.
Und schließlich packten ihn die Frauen unter den Achseln.
A na koniec kobiety chwyciły go pod pachy.
Er öffnete die Augen und blickte sie abwechselnd an.
Otworzył oczy i spojrzał na nie na zmianę.

„Was für ein Leben!", klagte er beim Zubettgehen.
„Co za życie" – poskarżył się, kładąc się spać.
"Ist das der Frieden, der mir im Alter zuteilwurde?"
„Czy to jest spokój, który otrzymałem na starość?"
Doch dann stützte er sich auf die beiden Frauen und stand unbeholfen auf.
Ale potem, opierając się o dwie kobiety, podniósł się niezręcznie.
Er tat so, als trüge er die schwerste Last.
Zachowywał się tak, jakby dźwigał najcięższy ciężar.
Er ließ sich von den beiden Frauen bis ans andere Ende des Raumes führen.
Pozwolił kobietom zaprowadzić się na koniec pokoju.
Dort wünschte er ihnen eine gute Nacht und ging dann allein weiter.
Tam życzył im dobrej nocy i poszedł dalej swoją drogą.
Doch die Mutter warf hastig ihr Nähzeug hin.
Ale matka w pośpiechu rzuciła swój zestaw do szycia.
Und auch die Schwester legte den Stift und den Notizblock beiseite.
A siostra także odłożyła długopis i notatnik.
Und sie liefen hinter dem Vater her, um ihm weiter zu helfen.
I pobiegli za ojcem, aby mu pomóc.
Wer in dieser überarbeiteten Familie hatte schon Zeit für Gregor?
Kto w tej zapracowanej rodzinie miał czas dla Gregora?
Wer hätte ihm mehr Aufmerksamkeit schenken können als nötig?
Kto mógłby poświęcić mu więcej uwagi, niż było to konieczne?
Das Haushaltsbudget wurde zunehmend eingeschränkt.
Budżet domowy stawał się coraz bardziej ograniczony.
Um Geld zu sparen, mussten sie schließlich das Dienstmädchen entlassen.
W końcu, aby zaoszczędzić pieniądze, musieli zwolnić służącą.

Sie wurde durch eine stämmige, weißhaarige Frau ersetzt.

Zastąpiła ją gruba, siwowłosa kobieta.

Diese Frau kam jedoch nur morgens und abends.

Ale ta kobieta przychodziła tylko rano i wieczorem.

Und die schwerste und härteste Arbeit wurde ihr aufgehoben.

A najcięższa i najcięższa praca została dla niej pozostawiona.

Alle anderen Hausarbeiten wurden von der Mutter erledigt.

Wszystkimi innymi obowiązkami zajmowała się matka.

Es kam sogar vor, dass verschiedene Familienschmuckstücke verkauft wurden.

Zdarzyło się nawet, że sprzedano różne rodzinne klejnoty.

Schmuck, den die Frauen bei Feierlichkeiten mit Freude getragen hatten.

Biżuteria, którą kobiety chętnie nosiły w czasie uroczystości.

Gregor erfuhr dies in einer der allgemeinen Diskussionen.

Gregor dowiedział się o tym podczas jednej z ogólnych dyskusji.

Die größte Beschwerde betraf jedoch etwas anderes.

Największą skargą było jednak coś innego.

Die Wohnung war zu groß, aber sie konnten nicht ausziehen.

Mieszkanie było za duże, ale nie mogli się z niego wyprowadzić.

Es gab keine Möglichkeit, Gregor umzusiedeln.

Nie było możliwości przeniesienia Gregora.

Gregor erkannte jedoch, dass es nicht nur um Rücksichtnahme ging.

Ale Gregor zdał sobie sprawę, że nie chodzi tu tylko o względy.

Etwas anderes hielt sie davon ab, woanders hinzuziehen.

Coś innego powstrzymało ich przed przeprowadzką gdzie indziej.

Er hätte problemlos in einer geeigneten Kiste transportiert werden können.

Mógł być z łatwością transportowany w odpowiednim pudełku.

Ihre Gefühle völliger Hoffnungslosigkeit hielten sie zurück.
Poczucie całkowitej beznadziei ich powstrzymało.
Sie wollten sich nicht eingestehen, dass sie vom Unglück getroffen worden waren.
Nie chcieli przyznać, że spotkało ich nieszczęście.
Was die Welt von armen Menschen verlangt, das haben sie erfüllt.
To, czego świat wymagał od biednych ludzi, oni spełnili.
Der Vater holte dem kleinen Bankangestellten das Frühstück.
Ojciec przygotował śniadanie dla małego urzędnika bankowego.
Die Mutter opferte sich für die Wäsche von Fremden auf.
Matka poświęciła się, aby prać rzeczy obcych ludzi.
Die Schwester rannte hin und her, um die Bestellungen der Kunden aufzunehmen.
Siostra biegała tam i z powrotem, żeby zbierać zamówienia od klientów.
Aber sie hatten einfach nicht mehr die Kraft, irgendetwas weiter zu tun.
Ale nie mieli już sił, żeby zrobić coś więcej.
Die Wunde in Gregors Rücken schmerzte nun noch mehr.
Rana na plecach Gregora zaczęła boleć jeszcze bardziej.
Jeden Abend brachten Mutter und Schwester den Vater ins Bett.
Każdej nocy matka i siostra odprowadzały ojca do łóżka.
Sie ließen ihre Arbeit liegen und setzten sich zusammen.
Zostawili swoją pracę tam, gdzie była i usiedli razem.
Und sie rückten näher zusammen und saßen Wange an Wange.
I zbliżyli się do siebie i usiedli policzek w policzek.
Die Mutter zeigte auf das Zimmer, von dem aus er zusah.
Matka wskazała na pokój, z którego obserwował.
"Würdest du die Tür schließen?", fragte sie die Schwester.
„Czy mogłabyś zamknąć drzwi?" – zapytała siostrę.
Und dann war Gregor wieder allein in der Dunkelheit.
I wtedy Gregor znów został sam w ciemnościach.

Und im Nebenzimmer vermischten die Frauen ihre Tränen.
A w sąsiednim pokoju kobieta mieszała swoje łzy.
**Oder sie saßen mit trockenen Augen da und starrten einfach
nur auf den Tisch.**
Albo siedzieli bez łez w oczach, po prostu wpatrując się w
stół.
Gregor schlief kaum, weder nachts noch tagsüber.
Gregor w ogóle nie spał, ani w dzień, ani w nocy.
Er dachte oft darüber nach, wie er der Familie helfen könnte.
Często myślał o tym, jak mógłby pomóc rodzinie.
**Er dachte darüber nach, das Geld wieder für sie zu
verdienen.**
Myślał o tym, żeby znowu zarabiać dla nich pieniądze.
**Er dachte darüber nach, das zu tun, was er früher für sie
getan hatte.**
Myślał o zrobieniu tego, co kiedyś dla nich robił.
In seinen Gedanken erschien der Bevollmächtigte wieder.
W jego myślach pojawił się ponownie upoważniony
przedstawiciel.
Und dieses Mal kam auch der Chef in die Wohnung.
I tym razem szef także przyszedł do mieszkania.
Und die Angestellten und die Lehrlinge waren auch da.
Byli tam także urzędnicy i praktykanci.
**Sogar der etwas begriffsstutzige Büroangestellte kam, um
ihn zu sehen.**
Nawet tępy służący przyszedł go odwiedzić.
**Es waren zwei oder drei Freunde aus anderen Branchen
dabei.**
Było tam dwóch lub trzech przyjaciół z innych branż.
Eine der Zimmermädchen aus einem Hotel in der Provinz.
Jedna z pokojówek z hotelu na prowincji.
**Eine kostbare und flüchtige Erinnerung, an der er
festzuhalten versuchte.**
Drogie i ulotne wspomnienie, którego próbował się trzymać.
**Eine Kassiererin aus einem Hutgeschäft, für die er
Absichten hatte.**

Kasjer ze sklepu z kapeluszami, wobec którego miał zamiar coś zrobić.

Doch er war etwas zu langsam gewesen, um ihre Zustimmung zu gewinnen.

Jednak był odrobinę za wolny, żeby zdobyć jej aprobatę.

Sie alle tauchten in seinen Gedanken auf, vermischt mit Fremden.

Wszyscy oni pojawili się w jego myślach, wymieszani z obcymi.

Und andere erschienen nicht; sie waren bereits vergessen.

A inni się nie pojawili; zostali już zapomniani.

Aber sie halfen weder ihm noch seiner Familie.

Ale oni nie pomogli jemu, ani jego rodzinie.

Sie waren unzugänglich, und er war froh, als sie weg waren.

Były niedostępne i cieszył się, że odeszły.

Er war nicht immer in der Stimmung, sich Sorgen um die Familie zu machen.

Nie zawsze miał ochotę martwić się o rodzinę.

Und er war voller Wut über die mangelnde Aufmerksamkeit.

A brak uwagi napełniał go wściekłością.

Und er konnte sich nichts vorstellen, worauf er Appetit hätte.

I nie potrafił sobie wyobrazić niczego, na co miałby ochotę.

Doch er schmiedete trotzdem Pläne, in die Speisekammer einzubrechen.

Ale nadal planował włamanie się do spiżarni.

Und er würde sich alles nehmen, was ihm zustand.

I zamierzał odebrać wszystko, na co zasłużył.

Die Schwester bemühte sich nicht mehr besonders um ihn.

Siostra nie podejmowała już wobec niego żadnych szczególnych starań.

Sie verschwendete keine Zeit mehr damit, darüber nachzudenken, wie sie ihm gefallen könnte.

Nie traciła już czasu na rozmyślanie o tym, jak mu sprawić przyjemność.

Vor der Arbeit schob sie schnell etwas zu essen ins Zimmer.

Przed pracą szybko wsunęła trochę jedzenia do pokoju.
Und am Abend kehrte sie die Essensreste schnell wieder zusammen.
A wieczorem znowu szybko pozbierała resztki jedzenia.
Ob er gegessen hatte oder nicht, bemerkte sie nicht mehr.
Nie zwracała już uwagi na to, czy jadł, czy nie.
In den meisten Fällen blieb das Essen nun unberührt.
Coraz częściej zdarzało się, że jedzenie pozostawało nietknięte.
Abends huschte sie immer noch schnell durch den Raum.
Wieczorami nadal szybko przemieszczała się po pokoju.
Doch nun tat sie nur das Nötigste, und zwar so schnell wie möglich.
Ale teraz zrobiła absolutne minimum, tak szybko, jak to możliwe.
An den Mauern zogen sich Spuren von Schmutz entlang.
Wzdłuż ścian pozostały smugi brudu.
Auf dem Boden lagen Staub- und Müllklumpen.
Na podłodze leżały kule kurzu i śmieci.
Gregor missbilligte ihre Nachlässigkeit.
Gregor wyraził swoją dezaprobatę wobec jej braku opieki.
Er drehte sich in einem besonders markanten Winkel.
Obrócił się pod szczególnie znaczącym kątem.
Aber er hätte wochenlang in dieser Position bleiben können.
Mógł jednak pełnić tę funkcję przez wiele tygodni.
Seine Schwester hätte seine Unzufriedenheit nicht bemerkt.
Jego siostra nie zauważyłaby jego niezadowolenia.
Sie sah den Dreck genauso gut wie er, wenn nicht sogar besser.
Widziała brud równie dobrze jak on, jeśli nie lepiej.
Aber sie hatte beschlossen, den Dreck dort zu lassen, wo er war.
Ale ona postanowiła zostawić ziemię tam, gdzie była.
Damals entwickelte sie eine völlig neue Sensibilität.
Wtedy zyskała zupełnie nową wrażliwość.
Sie hatte es sich zur Aufgabe gemacht, Gregors Zimmer zu reinigen.

Uczyniła sprzątanie pokoju Gregora swoją odpowiedzialnością.

Die Familie war von ihrer freundlichen Rücksichtnahme sehr berührt.

Rodzina była wzruszona jej życzliwością i troskliwością.

Einst hatte die Mutter sein Zimmer gründlich gereinigt.

Pewnego razu matka gruntownie posprzątała jego pokój.

Erst nachdem sie mehrere Eimer Wasser verbraucht hatte, gelang es ihr.

Udało jej się to dopiero po użyciu kilku wiader wody.

Die neu aufgetretene Feuchtigkeit im Zimmer schadete Gregor jedoch.

Jednak wilgoć, która pojawiła się w pokoju, zaszkodziła Gregorowi.

Und er lag breitbeinig, verbittert und regungslos auf dem Sofa.

I leżał szeroki, gorzki i nieruchomy na sofie.

Doch das war nur ihre erste Strafe für ihre Hilfeleistung.

Ale to była dopiero pierwsza kara za pomoc.

Die Schwester bemerkte schnell die Veränderung in Gregors Zimmer.

Siostra szybko zauważyła zmianę w pokoju Gregora.

Und sie rannte, zutiefst beleidigt, ins Wohnzimmer.

I pobiegła do salonu, strasznie obrażona.

Ihre Mutter hob die Hände und versuchte, sie zu beschwören.

Jej matka podniosła ręce i próbowała ją błagać.

Doch trotz einer aufrichtigen Erklärung brach sie in Tränen aus.

Jednak pomimo szczerych wyjaśnień, wybuchnęła płaczem.

Der Vater erschrak natürlich und fuhr aus seinem Stuhl hoch.

Ojciec oczywiście podskoczył i poderwał się z krzesła.

Und die beiden Eltern schauten fassungslos und hilflos zu.

A rodzice patrzyli zdumieni i bezradni.

Und schließlich gerieten auch ihre Gefühle in Aufruhr.

A z czasem ich emocje również uległy pobudzeniu.

Der Vater warf der Mutter vor, was sie getan hatte.

Ojciec zganił matkę za to, co zrobiła.

"Du hättest das Zimmer Grete zum Putzen überlassen sollen."

"Powinieneś był zostawić pokój Grete do posprzątania."

Grete schrie die Mutter an, weil sie sein Zimmer aufgeräumt hatte.

Grete nakrzyczała na matkę za posprzątanie jej pokoju.

„Du darfst sein Zimmer nie wieder putzen!"

"Nigdy więcej nie będziesz mieć prawa sprzątać jego pokoju!"

Die Mutter versuchte, den Vater ins Schlafzimmer zu zerren.

Matka próbowała zaciągnąć ojca do sypialni.

Die Schwester blieb zitternd und schluchzend im Zimmer zurück.

Siostra została w pokoju, trzęsąc się i szlochając.

Und sie hämmerte mit ihren kleinen Fäustchen auf den Tisch.

I zaczęła walić pięściami w stół.

Und Gregor zischte sie alle lautstark vor Wut an.

A Gregor głośno syknął ze złości na wszystkich.

Warum war niemand auf die Idee gekommen, ihm die Tür zu schließen?

Dlaczego nikt nie pomyślał, żeby zamknąć mu drzwi?

Sie hätten ihm diesen Anblick und Lärm ersparen können.

Mogli mu oszczędzić tego widoku i hałasu.

Die Schwester war erschöpft, als sie von der Arbeit nach Hause kam.

Siostra była wyczerpana po powrocie z pracy.

Und die Betreuung von Gregor bedeutete für sie noch mehr Arbeit.

A opieka nad Gregorem wymagała od niej jeszcze więcej pracy.

Das bedeutete aber nicht, dass die Mutter es hätte tun sollen.

Ale to nie znaczy, że matka powinna była to zrobić.

Gregor hingegen sollte nicht vernachlässigt werden.

Gregora natomiast nie można zaniedbywać.

Aber jetzt hatten sie ein neues Dienstmädchen, das solche Dinge tun konnte.

Ale teraz mieli nową służącą, która potrafiła robić takie rzeczy.

Eine ältere Witwe mit kräftigem Knochenbau.

Starsza wdowa o mocnej budowie kości.

Eine Statur, die ihr half, ihr schwieriges Leben zu überstehen.

Ta postawa pomogła jej przetrwać trudne życie.

Sie hatte keine wirkliche Abneigung gegen Gregors Erscheinung.

Nie czuła żadnej niechęci do wyglądu Gregora.

Sie hatte versehentlich die Tür zu Gregors Zimmer geöffnet.

Przypadkowo otworzyła drzwi do pokoju Gregora.

Es geschah nicht aus besonderer Neugierde bezüglich des Zimmers.

Nie wynikało to z jakiejś szczególnej ciekawości dotyczącej tego pokoju.

Sie tat lediglich ihre Arbeit und öffnete dabei zufällig die Tür.

Po prostu wykonywała swoją pracę i przypadkiem otworzyła drzwi.

Gregor war natürlich völlig überrascht von ihr.

Gregor oczywiście był nią całkowicie zaskoczony.

Er wurde nicht verfolgt, aber er rannte hin und her.

Nikt go nie gonił, ale biegał tam i z powrotem.

Und sie verschränkte einfach die Arme und sah ihm beim Krabbeln zu.

A ona po prostu skrzyżowała ramiona i patrzyła, jak on się czołga.

Seitdem hat sie ihm immer einen Spaltbreit die Tür geöffnet.

Od tamtej pory zawsze uchylała mu drzwi.

Eines Morgens schaute sie nach ihm, um zu sehen, wie es ihm ging.

Pewnego ranka zajrzała do środka, żeby zobaczyć, jak się czuje.

Und am Abend sah sie nach ihm, bevor sie ging.

Wieczorem, przed wyjściem, zajrzała do niego.

Zuerst versuchte sie auch, ihn zu sich zu rufen.

Na początku ona także próbowała do niego zadzwonić i poprosić, żeby do niej przyszedł.

„Komm her, du alter Mistkäfer!", pflegte sie zu sagen.

„Podejdź tu, stary żuku gnojowy!" – mawiała.

Oder sie sagte freundlich: „Schau dir den alten Mistkäfer an!"

Albo mówiła przyjaźnie: „Spójrz na tego starego chrząszcza gnojaka!".

Gregor reagierte nie darauf, wenn man so mit ihm sprach.

Gregor nigdy nie reagował na takie uwagi.

Er blieb stehen, ohne sich zu rühren, und ignorierte sie.

Pozostał tam, bez ruchu, ignorując ją.

„Wenn man ihr doch nur gesagt hätte, wie man ihre Arbeit richtig macht."

„Gdyby tylko powiedziano jej, jak właściwie wykonywać swoją pracę".

„Anstatt mich zu belästigen, sollte sie lieber mein Zimmer aufräumen."

Zamiast mi przeszkadzać, powinna posprzątać mój pokój.

Eines Morgens prasselte ein heftiger Regenguss gegen die Fenster.

Pewnego poranka ulewny deszcz uderzył w okna.

Vielleicht war der Regen bereits ein Zeichen für den kommenden Frühling.

Być może deszcz był już oznaką nadchodzącej wiosny.

Das Dienstmädchen begann wieder auf diese Weise mit ihm zu sprechen.

Służąca zaczęła znowu do niego w ten sposób mówić.

Gregor war so verbittert, dass er sich umdrehte und ihr ins Gesicht sah.

Gregor był tak rozgoryczony, że odwrócił się do niej twarzą.

Er war langsam und gebrechlich, aber es war eine Art Angriff.

Był powolny i słaby, ale to był swego rodzaju atak.

Das Dienstmädchen hingegen hatte überhaupt keine Angst vor Gregor.
Służąca jednak wcale nie bała się Gregora.
Stattdessen hob sie einen Stuhl hoch, der in der Nähe der Tür stand.
Zamiast tego podniosła krzesło, które stało blisko drzwi.
Und sie stand da, ganz ruhig, mit weit geöffnetem Mund.
I stała tam spokojnie, z szeroko otwartymi ustami.
Ihre Absichten waren klar, das konnte sogar Gregor erkennen.
Jej intencje były jasne, nawet Gregor to dostrzegł.
Und er drehte sich langsam um und kehrte zu seinem ursprünglichen Platz zurück.
I powoli obrócił się do swojej pierwotnej pozycji.
"Sie wollen also nicht näher kommen, oder?"
„Więc nie chcesz podchodzić bliżej, prawda?"
Und sie stellte den Stuhl leise wieder in die Ecke.
I cicho odstawiła krzesło w kąt.

Gregor aß kaum noch etwas.
Gregor prawie w ogóle nic nie jadł.
Manchmal blieb er bei seinen Rundgängen im Zimmer stehen.
Czasami, spacerując po pokoju, zatrzymywał się.
Und er befand sich neben dem für ihn zubereiteten Essen.
I znalazł się tuż obok przygotowanego dla niego jedzenia.
Er steckte sich das Essen in den Mund, aber nur, um damit zu spielen.
Włożył jedzenie do ust, ale tylko po to, by się nim pobawić.
Und nicht selten spuckte er es nach ein paar Stunden wieder aus.
I bardzo często po kilku godzinach wypluwał to z siebie.
Er versuchte, einen Grund für seinen Appetitverlust zu finden.
Próbował znaleźć przyczynę swojego braku apetytu.
Vielleicht, weil er mit dem Zustand seines Zimmers unzufrieden war.

Być może dlatego, że był smutny z powodu stanu swojego
pokoju.
**Aber er hatte sich mit den Veränderungen im Raum
abgefunden.**
Ale pogodził się już ze zmianami w pokoju.
**In letzter Zeit hatte sich sein Zimmer in eine Art
Abstellraum verwandelt.**
Ostatnio jego pokój stał się rodzajem magazynu.
Sie hatten sich angewöhnt, Dinge dort liegen zu lassen.
Weszło im w nawyk zostawiania tam swoich rzeczy.
Und nun lagen noch viele solcher Dinge in seinem Zimmer.
I teraz w jego pokoju pozostało wiele takich rzeczy.
Weil ein Zimmer der Wohnung vermietet worden war.
Ponieważ jeden pokój w mieszkaniu został wynajęty.
Drei ernsthafte Herren mieteten das Zimmer gemeinsam.
Trzech poważnych dżentelmenów wynajmowało wspólnie
pokój.
Gregor hat sie einmal durch einen Türspalt erblickt.
Gregor kiedyś zauważył ich przez szczelinę w drzwiach.
Sie trugen Vollbärte und waren penibel gekleidet.
Mieli długie brody i byli starannie ubrani.
Sie achteten penibel darauf, dass alles ordentlich blieb.
Bardzo dbali o utrzymanie wszystkiego w porządku.
**Ihr Hang zur Ordnung beschränkte sich nicht nur auf ihr
Zimmer.**
Ich dążenie do porządku nie ograniczało się do pokoju.
**Die gesamte Wohnung musste tadellos sauber gehalten
werden.**
Całe mieszkanie musiało być utrzymywane w idealnej
czystości.
**Sie legten sogar noch mehr Wert auf das Aussehen der
Küche.**
Jeszcze większą uwagę zwracali na wygląd kuchni.
Und unnötigen Unrat konnten sie nicht dulden.
I nie mogli tolerować żadnego niepotrzebnego bałaganu.
Sie hatten auch ihre eigenen Möbel mitgebracht.
Przywieźli ze sobą także własne meble.

Aus diesem Grund waren viele Dinge überflüssig geworden.

Z tego powodu wiele rzeczy stało się zbędnych.

Das waren Dinge, für die niemand Geld bezahlen würde.

To były rzeczy, za które nikt by nie zapłacił.

Die Familie wollte diese Dinge aber auch nicht wegwerfen.

Ale rodzina nie chciała się ich pozbywać.

All diese Dinge landeten irgendwo in Gregors Zimmer.

Wszystkie te rzeczy trafiły gdzieś do pokoju Gregora.

Der Aschenbecher aus der Küche stand nun in seinem Zimmer.

Popielniczka z kuchni była teraz przechowywana w jego pokoju.

Und der Müll wurde bis zum Abholtag in seinem Zimmer aufbewahrt.

A śmieci trzymano w jego pokoju aż do dnia wywozu śmieci.

Das Dienstmädchen warf alles, was sie nicht brauchte, in sein Zimmer.

Służąca rzucała do jego pokoju wszystko, czego nie potrzebowała.

Zum Glück sah er nichts weiter als die Hand und den Gegenstand.

Na szczęście zobaczył tylko rękę i przedmiot.

Sie hatte wahrscheinlich vor, die Sachen später abzuholen.

Pewnie miała zamiar wrócić po te rzeczy później.

Oder vielleicht wollte sie einfach alles auf einmal wegwerfen.

Albo może chciała wyrzucić wszystko na raz.

Doch alles blieb dort, wo es ursprünglich gelandet war.

Jednak wszystko pozostało tam, gdzie wylądowało.

Es sei denn, Gregor bewegte den Schrott, indem er sich hindurchzwängte.

Chyba że Gregor przesunął śmieci, przeciskając się przez nie.

Zuerst musste er sich durch den ganzen Schrott hindurchkriechen.

Na początku zmuszony był przedzierać się przez wszystkie te śmieci.

Es gab für ihn keine Möglichkeit, dies zu vermeiden.

Nie miał możliwości uniknięcia tego.

Später fand er jedoch tatsächlich Freude an dieser Tätigkeit.

Ale później odkrył, że ta aktywność sprawia mu prawdziwą przyjemność.

Diese Anstrengung hinterließ ihn jedoch traurig und zutiefst erschöpft.

Choć wysiłek ten sprawiał mu smutek i głębokie zmęczenie.

Und danach war er viele Stunden lang bewegungsunfähig.

A potem przez wiele godzin nie mógł się ruszyć.

Die Untermieter aßen manchmal im Wohnzimmer.

Lokatorzy czasami spożywali posiłki w pokoju dziennym.

Die Wohnzimmertür blieb an diesen Abenden geschlossen.

Drzwi do salonu pozostawały wtedy zamknięte.

Gregor hatte aber keine Schwierigkeiten, die Tür jetzt nicht zu öffnen.

Ale Gregor nie miał już problemu z otwarciem drzwi.

Selbst wenn die Tür offen war, schaute er nicht immer hinaus.

Nawet gdy drzwi były otwarte, nie zawsze wyglądał na zewnątrz.

Doch er legte sich in die dunkelste Ecke des Zimmers.

Ale on położył się w najciemniejszym kącie pokoju.

Auch der Familie fiel seine mangelnde Aufmerksamkeit nicht auf.

Rodzina również nie zauważyła jego braku zainteresowania.

Doch einmal ließ das Dienstmädchen die Tür offen.

Ale pewnego razu pokojówka zostawiła drzwi otwarte.

Die Tür blieb auch dann offen, als die Mieter zurückkehrten.

Drzwi pozostały otwarte nawet gdy lokatorzy wrócili.

Und die Tür war offen, als das Licht eingeschaltet wurde.

A drzwi były otwarte, gdy włączono światło.

Der Mann saß an dem Tisch, an dem die Familie zu Abend aß.

Mężczyzna siedział przy stole, przy którym rodzina jadła obiad.

Vater, Mutter und Gregor saßen dort in früheren Zeiten.
Dawniej siedzieli tam ojciec, matka i Gregor.
Sie entfalteten die Servietten und nahmen Messer und Gabeln.
Rozłożyli serwetki i wzięli noże i widelce.
Die Mutter erschien mit einer Schüssel Fleisch in der Tür.
Matka pojawiła się w drzwiach z miską mięsa.
Dann kam die Schwester mit einer Schüssel voller Kartoffeln herein.
Potem weszła siostra z miską pełną ziemniaków.
Die Untermieter beugten sich über die vor ihnen aufgestellten Schüsseln.
Lokatorzy pochylali się nad miskami umieszczonymi przed nimi.
Der dichte Rauch des Essens stieg ihnen bis in die Nasen.
Gęsty dym wydobywający się z jedzenia uderzał im do nosów.
Aber sie hatten noch nicht entschieden, ob sie das Essen essen würden.
Ale nie zdecydowali jeszcze, czy zjedzą to jedzenie.
Vielleicht würden sie das Essen zurück in die Küche schicken.
Być może odeślą posiłek do kuchni.
Der Mann in der Mitte schien die Autoritätsperson zu sein.
Mężczyzna siedzący pośrodku wydawał się być autorytetem.
Er schnitt das Fleisch an, um festzustellen, ob es zart genug war.
Pokroił mięso, aby sprawdzić, czy jest wystarczająco delikatne.
Er war zufrieden mit dem Geruch und Aussehen des Essens.
Był zadowolony z zapachu i wyglądu jedzenia.
Die Mutter und die Schwester hatten sie ängstlich beobachtet.
Matka i siostra z niepokojem im się przyglądały.
Und sie begannen zu lächeln, begleitet von einem Seufzer der aufgestauten Erleichterung.
I zaczęli się uśmiechać, wzdychając z ulgą.

Die Familie selbst wollte in der Küche essen.

Rodzina sama miała zamiar zjeść posiłek w kuchni.

Doch zuerst ging der Vater nach den Untermietern sehen.

Ale najpierw ojciec poszedł sprawdzić, co u lokatorów.

Er verbeugte sich einmal und hielt dabei seine Arbeitsmütze in der Hand.

Skłonił się raz, trzymając w ręku czapkę, którą zostawił przy pracy.

Und er ging einmal im Kreis um den Tisch herum, zu jedem Gast.

I chodził w kółko wokół stołu, do każdego gościa

Die Untermieter standen alle auf und murmelten in ihre Bärte.

Wszyscy lokatorzy wstali i zaczęli mamrotać coś do swoich brodów.

Nachdem er gegangen war, aßen sie in fast völliger Stille.

Po jego wyjściu jedli w niemal całkowitej ciszy.

Gregor fand es seltsam, dass er Kaugeräusche hörte.

Gregorowi wydało się dziwne, że słyszał żucie.

Kein anderer Aspekt des Essens schien Geräusche zu verursachen.

Żaden inny aspekt jedzenia nie wydawał żadnego dźwięku.

Aber er konnte deutlich hören, wie Zähne aufeinander knirschten.

Ale wyraźnie słyszał zgrzytanie zębów.

Sie schienen ihm sagen zu wollen, dass er Zähne zum Essen brauche.

Wydawało się, że mówią mu, że potrzebuje zębów, żeby jeść.

"Ohne Zähne im Kiefer kann man gar nichts machen."

"Nic nie możesz zrobić, jeśli twoje szczęki nie mają zębów."

„Ich möchte etwas essen", sagte Gregor ängstlich.

„Chciałbym coś zjeść" – powiedział Gregor zaniepokojony.

„Aber ich habe keinen Appetit auf das, was ihr alle esst."

„Ale nie mam apetytu na to, co wy wszyscy jadacie."

„Seht euch an, wie diese Mieter essen, und ich verhungere hier."

"Spójrz, co jedzą ci lokatorzy, a ja tu umieram z głodu."

Gregor dachte an diesem Abend zufällig an die Geige.
Tego wieczoru Gregor przypadkiem pomyślał o skrzypcach.
Er hatte die Geige seit der Verwandlung nicht mehr gehört.
Nie słyszał skrzypiec od czasu transformacji.
Doch dann, an diesem Abend, ertönte ein Geräusch aus der Küche.
Ale pewnego wieczoru z kuchni dobiegł jakiś dźwięk.
Die Herren hatten ihr Abendessen bereits beendet.
Panowie skończyli już kolację.
Der mittlere Herr hatte begonnen, eine Zeitung zu lesen.
Średni mężczyzna zaczął czytać gazetę.
Den beiden anderen Herren hatte er jeweils ein Blatt gegeben.
Dał każdemu z dwóch pozostałych panów po jednej kartce.
Und nun lehnten sie sich zurück, lasen und rauchten.
Teraz odchylili się do tyłu, czytali i palili.
Als die Geige zu spielen begann, wurden sie aufmerksam.
Kiedy zaczęły grać skrzypce, stali się uważni.
Sie standen auf und gingen auf Zehenspitzen zur Tür des Vorzimmers.
Wstali i na palcach podeszli do drzwi przedpokoju.
Hier standen sie eng beieinander und lauschten an der Tür.
Stali stłoczeni razem przy drzwiach, nasłuchując.
Die Familie muss die Männer aus der Küche gehört haben.
Rodzina musiała słyszeć mężczyzn z kuchni.
Denn der Vater rief sie und fragte sie:
Ponieważ ojciec zawołał do nich i zapytał ich:
"Ist die Geige für die Herren vielleicht unbequem?"
„Czy skrzypce mogą być niewygodne dla panów?”
„Wenn Ihnen die Musik nicht gefällt, können wir sofort aufhören."
„Jeśli nie podoba Ci się muzyka, możemy natychmiast przestać.”
„Im Gegenteil", sagte der mittlere der beiden Herren.
„Wręcz przeciwnie” – rzekł środkowy z dżentelmenów.
Möchte die junge Dame in unserem Zimmer Geige spielen?

„Czy młoda dama chciałaby zagrać na skrzypcach w naszym pokoju?"

„Hier ist es definitiv viel komfortabler und gemütlicher."

„Tutaj jest zdecydowanie wygodniej i przytulniej."

Der Vater antwortete, als wäre er selbst der Geiger.

Ojciec odpowiedział tak, jakby sam był skrzypkiem.

"Oh bitte, das wäre wunderbar", rief der Vater.

„Och, proszę, to byłoby cudowne!" – zawołał ojciec.

Die Herren kehrten ins Wohnzimmer zurück und warteten.

Panowie wrócili do salonu i czekali.

Bald darauf kam der Vater mit dem Notenständer ins Zimmer.

Wkrótce do pokoju wszedł ojciec z pulpitem na nuty.

Die Mutter kam mit dem Notenbuch ins Zimmer.

Matka weszła do pokoju z książką muzyczną.

Und die Schwester kam mit der Geige ins Zimmer.

I do pokoju weszła siostra ze skrzypcami.

Sie bereitete in aller Ruhe alles vor, um Geige zu spielen.

Spokojnie przygotowała wszystko do gry na skrzypcach.

Die Eltern übertrieben ihre Höflichkeit und ihr Benehmen.

Rodzice przesadzali ze swoją uprzejmością i dobrymi manierami.

Sie hatten zuvor noch nie Zimmer an Untermieter vermietet.

Nigdy wcześniej nie wynajmowali pokoi lokatorom.

Und sie trauten sich nicht einmal, auf ihren eigenen Stühlen zu sitzen.

A nie odważyli się nawet usiąść na własnych krzesłach.

Statt sich hinzusetzen, lehnte sich der Vater gegen die Tür.

Zamiast siedzieć, ojciec oparł się o drzwi.

Seine rechte Hand befand sich zwischen zwei Knöpfen seines Mantels.

Jego prawa ręka znajdowała się pomiędzy dwoma guzikami płaszcza.

Der Mutter wurde jedoch von einem Herrn ein Stuhl angeboten.

Matce jednak pewien mężczyzna zaproponował krzesło.

Aber sie setzte sich an die Stelle, wo der Herr den Stuhl hingestellt hatte.

Ale ona usiadła tam, gdzie dżentelmen postawił krzesło.

Und er hatte den Stuhl nicht an einem bestimmten Ort aufgestellt.

I nie postawił krzesła w żadnym konkretnym miejscu.

So saß die Mutter abseits von allen anderen in einer Ecke.

Więc matka usiadła w kącie, osobno od wszystkich.

Und schließlich begann die Schwester Geige zu spielen.

A na końcu siostra zaczęła grać na skrzypcach.

Die Eltern auf den gegenüberliegenden Seiten beobachteten das Geschehen aufmerksam.

Rodzice, siedzący po przeciwnych stronach barykady, uważnie słuchali.

Und sie beobachteten jede Bewegung ihrer Hand genau.

I uważnie obserwowali każdy ruch jej ręki.

Gregor war auch vom Geigenspiel fasziniert.

Gregora pociągała także gra na skrzypcach.

Und er wagte sich ein Stück weiter aus seinem Zimmer hinaus.

I odważył się wyjść nieco dalej ze swego pokoju.

Er hatte den Kopf schon im Wohnzimmer.

Był już głową w salonie.

Er war stets sehr stolz darauf, besonders rücksichtsvoll zu sein.

Był dumny ze swojego usposobienia i troski.

Doch in letzter Zeit hinterfragte er seine Nachlässigkeit kaum noch.

Ale ostatnio prawie nie kwestionował swojego braku troski.

Auch wenn er jetzt mehr Grund hatte, sich zu verstecken als zuvor.

Choć teraz miał więcej powodów, żeby się ukrywać, niż wcześniej.

Weil sein Zimmer mit Staub und allerlei Schmutz bedeckt war.

Ponieważ jego pokój był pokryty kurzem i różnymi zanieczyszczeniami.

Die geringste Bewegung wirbelte allerlei Schmutz auf.

Najmniejszy ruch powodował wzbijanie się w powietrze wszelkiego rodzaju nieczystości.

Der ganze Dreck klebte an ihm: Staub, Haare, Essensreste.

Cały ten brud przylgnął do niego: kurz, włosy, resztki jedzenia.

Er hätte den Schmutz am Teppich abreiben können.

Mógł zetrzeć brud z dywanu.

Das tat er mehrmals täglich.

Robił to kilka razy dziennie.

Doch seine Gleichgültigkeit gegenüber allem war viel zu groß.

Ale jego obojętność wobec wszystkiego była zbyt wielka.

Deshalb hatte er keine Angst, noch ein Stück weiterzugehen.

Dlatego nie bał się pójść o krok dalej.

Und er betrat den makellosen Wohnzimmerboden.

I przeniósł się na nieskazitelnie czystą podłogę w salonie.

Doch niemand bemerkte ihn oder schenkte ihm Beachtung.

Nikt jednak tego nie zauważył i nie zwrócił na niego uwagi.

Die Familie war völlig in das Konzert vertieft.

Cała rodzina była całkowicie pochłonięta koncertem.

Die Herren hingegen zogen sich zunächst zurück.

Panowie natomiast początkowo się wycofali.

Und sie standen dicht hinter dem Notenständer der Schwester.

I stali tuż za pulpitem siostry.

Wenn sie hingesehen hätten, hätten sie die Noten sehen können.

Gdyby przyjrzeli się bliżej, mogliby zobaczyć nuty.

Dies hätte die Schwester natürlich beunruhigt.

To oczywiście musiało zaniepokoić siostrę.

Dann blieben sie am Fenster stehen, anstatt sich hinzusetzen.

Następnie stanęli przy oknie, zamiast usiąść.

Mit den Händen in den Taschen redeten sie weiter.

Trzymając ręce w kieszeniach, nie przestawali rozmawiać.

Sie blieben dort, während der Vater ängstlich zusah.

Pozostali tam, a ojciec z niepokojem patrzył.

Man hatte den Eindruck, dass sie andere Erwartungen hatten.

Odnosiło się wrażenie, że mieli inne oczekiwania.

Und es schien wirklich so, als wären sie enttäuscht gewesen.

I naprawdę wyglądało na to, że byli rozczarowani.

Es schien, als hätten sie genug von der Vorstellung.

Wyglądało na to, że mieli już dość tego występu.

Sie hatten zugelassen, dass die Geige ihren Frieden störte.

Pozwolili, aby skrzypce zakłóciły ich spokój.

Und sie tolerierten die Musik nur aus Höflichkeit.

A muzykę tolerowali tylko z grzeczności.

Besonders beunruhigend war, wie sie den Rauch wegbliesen.

Szczególnie niepokojące było to, w jaki sposób wydmuchano dym.

Und dennoch spielte sie so wunderschön Geige.

A jednak grała na skrzypcach tak pięknie.

Ihr Gesicht war leicht zur Seite geneigt, auf der Geige.

Jej twarz była lekko przechylona na bok i skierowana na skrzypce.

Ihr Blick wanderte traurig die Notenlinien entlang.

Jej wzrok smutno błądził po liniach melodycznych.

Gregor fühlte sich ein wenig mehr ins Wohnzimmer hineingezogen.

Gregor poczuł się nieco bardziej wciągnięty w salon.

Er hielt den Kopf dicht am Boden, blickte aber nach oben.

Trzymał głowę blisko ziemi, lecz patrzył w górę.

Vielleicht würde sich so der Blick seiner Schwester mit seinem treffen.

Być może w ten sposób wzrok jego siostry mógłby spotkać jego oczy.

Kann man wirklich sagen, dass er nur ein Tier war?

Czy naprawdę można powiedzieć, że był po prostu zwierzęciem?

War er etwa ein Tier, wenn ihn Musik so fesseln konnte?

Czy był zwierzęciem, skoro muzyka potrafiła go tak urzec?

Er hatte das Gefühl, ihm sei ein Weg zu unbekannter Nahrung gezeigt worden.

Miał wrażenie, że pokazano mu drogę do nieznanego pożywienia.

Vielleicht war dies die Nahrung, die ihm fehlte.

Być może właśnie tego pożywienia mu brakowało.

Er war fest entschlossen, zu seiner Schwester zu gelangen.

Postanowił udać się w stronę swojej siostry.

Er wollte an ihrem Rock zupfen, um ihre Aufmerksamkeit zu erregen.

Chciał pociągnąć ją za spódnicę, żeby zwrócić jej uwagę.

Er wollte ihr eine Art Einladung signalisieren.

Chciał dać jej znać, że jest zaproszony.

„Komm und spiel Geige in meinem Zimmer", wollte er sagen.

„Przyjdź i zagraj na skrzypcach w moim pokoju" – chciał powiedzieć.

Er wollte, dass sie für ihre wunderschöne Musik belohnt wird.

Chciał, żeby została nagrodzona za swoją piękną muzykę.

"Niemand hier belohnt dich dafür, dass du Geige spielst."

„Nikt tutaj nie nagradza cię za grę na skrzypcach."

Er wollte sie nicht mehr aus seinem Zimmer lassen.

Nie chciał jej już wypuszczać ze swojego pokoju.

Er wollte, dass sie so lange bei ihm blieb, wie er lebte.

Chciał, żeby została z nim tak długo, jak będzie żył.

Zum ersten Mal hatte seine Verwandlung einen Vorteil.

Po raz pierwszy jego transformacja przyniosła korzyści.

Seine Missbildung würde ihm nun endlich noch von Nutzen sein.

Jego deformacja w końcu miała mu się przydać.

Er wollte gleichzeitig an allen vier Türen sein.

Chciał być przy wszystkich czterech drzwiach jednocześnie.

Er wollte sie von allen Seiten anfauchen und anspucken.

Chciał na nich syczeć i pluć z każdej strony.

Seine Schwester sollte nicht gezwungen werden, bei ihm zu bleiben.

Jego siostra nie powinna być zmuszana do pozostania z nim.

Er wollte, dass sie sich freiwillig dafür entschied, bei ihm zu bleiben.

Chciał, żeby dobrowolnie zdecydowała się zostać z nim.

Sie wollte sich neben ihn setzen und sich zu ihm hinunterbeugen.

Zamierzała usiąść obok niego i pochylić się ku niemu.

Und er wollte ihr von der Musikschule erzählen.

I miał jej opowiedzieć o szkole muzycznej.

Er hatte die feste Absicht, sie auf die Akademie zu schicken.

Miał stanowczy zamiar wysłać ją do akademii.

Das hätte er allen schon letztes Weihnachten erzählt.

Opowiedziałby wszystkim o ostatnich świętach Bożego Narodzenia.

War Weihnachten etwa schon wieder vorbei?

Czy Boże Narodzenie naprawdę już minęło?

Und er hätte sich von niemandem davon abbringen lassen.

I nie pozwoliłby nikomu odwieść się od tego zamiaru.

Doch dann setzte das Unglück allem ein Ende.

Ale potem nieszczęśliwy wypadek położył kres wszystkiemu.

Die Schwester wäre von ihren Gefühlen überwältigt gewesen.

Siostra na pewno byłaby wzruszona.

Und dann wäre Gregor bis auf ihre Schulter geklettert.

A potem Gregor wspiąłby się na jej ramię.

Und er hätte sie getröstet, indem er ihren Hals geküsst hätte.

A on pocieszyłby ją całując ją w szyję.

„Herr Samsa!", rief der Mann in der Mitte dem Vater zu.

„Panie Samsa!" zawołał mężczyzna w środku do ojca.

Er zeigte mit dem Zeigefinger nach unten auf Gregor.

Wskazywał Gregora palcem wskazującym.

Gregor bewegte sich langsam über den Wohnzimmerboden.

Gregor powoli przesuwał się po podłodze w salonie.

Das Geigenspiel verstummte sehr schnell.

Gra skrzypiec bardzo szybko ucichła.

Der mittlere der drei Männer lächelte seine Freunde an.
Środkowy z trzech mężczyzn uśmiechnął się do swoich
przyjaciół.
Dann schüttelte er den Kopf und blickte zurück zu Gregor.
Potem pokręcił głową i spojrzał na Gregora.
**Der Vater hätte Gregor zurück in sein Zimmer schicken
können.**
Ojciec mógł zmusić Gregora do powrotu do jego pokoju.
**Das war jedoch nicht die erste Maßnahme, zu der er sich
entschloss.**
Ale to nie było pierwsze działanie, na które się zdecydował.
Er hielt es für wichtiger, die Herren zu beruhigen.
Uważał, że ważniejsze jest uspokojenie panów.
**Obwohl sie von Gregor eigentlich überhaupt nicht verärgert
waren.**
Chociaż tak naprawdę wcale nie byli źli na Gregora.
Gregor schien unterhaltsamer als das Geigenspiel.
Gregor wydawał się bardziej interesujący niż gra na
skrzypcach.
Er eilte mit ausgestreckten Armen auf sie zu.
Podbiegł do nich z wyciągniętymi ramionami.
Er gab sein Bestes, um ihren Blick auf Gregor zu verbergen.
Starał się jak mógł, żeby zasłonić im widok Gregora.
**Und er versuchte, sie zur Rückkehr in ihr Zimmer zu
bewegen.**
I próbował zachęcić ich, aby poszli z powrotem do swojego
pokoju.
Das hat sie eher ein wenig verärgert.
Jeśli cokolwiek, to faktycznie ich to trochę zirytowało.
Es war aber schwer zu sagen, was genau sie störte.
Ale trudno było powiedzieć, co dokładnie ich denerwowało.
Der Vater verdarb die abendliche Unterhaltung.
Ojciec psuł rozrywkę wieczoru.
**Aber sie hatten auch gerade erst von ihrem neuen
Mitbewohner erfahren.**
Ale właśnie dowiedzieli się o swoim nowym współlokatorze.
Sie hoben die Hände, genau wie der Vater es getan hatte.

Podnieśli ręce tak samo, jak zrobił to ojciec.

Sie verlangten vom Vater eine sofortige Erklärung.

Zażądali natychmiastowych wyjaśnień od ojca.

Sie zupften unruhig an ihren Bärten, um eine Antwort zu bekommen.

Niespokojnie szarpali się za brody, czekając na odpowiedź.

Und sie bewegten sich rückwärts in ihr Zimmer, aber sehr langsam.

I cofnęli się do swojego pokoju, ale bardzo powoli.

Die Unterbrechung hatte die Schwester in eine Trance versetzt.

Przerwanie rozmowy wprawiło siostrę w trans.

Sie ließ Geige und Bogen an ihrer Seite herabhängen.

Pozwoliła, aby skrzypce i smyczek zwisały u jej boku.

Und sie blickte auf die Notenblätter, als ob sie immer noch spielen würde.

I spojrzała na nuty, jakby wciąż grały.

Doch dann zog sie sich plötzlich wieder ins Zimmer zurück.

Ale potem nagle wróciła do pokoju.

Und sie hatte nun das Gefühl, verloren zu sein, überwunden.

I teraz przezwyciężyła poczucie zagubienia.

Sie legte das Musikinstrument auf den Schoß ihrer Mutter.

Położyła instrument muzyczny na kolanach matki.

Die Mutter saß schwer atmend auf dem Stuhl.

Matka siedziała na krześle i ciężko oddychała.

Und dann musste die Schwester ins Nebenzimmer rennen.

A potem siostra musiała pobiec do sąsiedniego pokoju.

Sie musste alles für die Herren vorbereiten.

Musiała przygotować wszystko dla panów.

Sie warf die Decken und Kissen in die Luft.

Rzuciła koce i poduszki w powietrze.

Und mit ihren geschickten Händen richtete sie die gesamte Bettwäsche her.

A swoimi zręcznymi rękami ułożyła całą pościel.

Sie war schon fertig, bevor die Herren den Raum erreichten.

Skończyła zanim panowie dotarli do pokoju.

Und sie verschwand, bevor sie ihnen in die Quere kam.

I wymknęła się, zanim stanęła im na drodze.

Der Vater schien von seiner eigenen Sturheit beherrscht zu sein.

Ojciec zdawał się być opanowany przez swój własny upór.

Und so vergaß er jeglichen Respekt, den er seinen Mietern schuldete.

I tak zapomniał o całym szacunku, jaki winien był swoim dzierżawcom.

Er drängte und drängte, bis deren Sprecher Einspruch erhob.

Naciskał i naciskał, aż ich rzecznik wyraził sprzeciw.

Als er die Tür erreichte, stampfte er wütend mit dem Fuß auf.

Gdy dotarł do drzwi, tupnął ze złością nogą.

Und damit brachte er den Vater zum Schweigen.

I w ten sposób doprowadził ojca do stanu bezruchu.

„Hiermit erkläre ich", begann er sich an seinen Vermieter zu wenden.

„Niniejszym oświadczam" – zaczął zwracając się do swego gospodarza.

Und er hob die Hand und blickte die ganze Familie an.

Podniósł rękę i spojrzał na całą rodzinę.

„Hinsichtlich der widerlichen Zustände im Zimmer;"

„Jeśli chodzi o obrzydliwe warunki w pokoju;"

Und er sorgte dafür, dass alle seinen Worten zuhörten.

I upewnił się, że wszyscy słuchają jego słów.

"Hiermit kündige ich meinen Auszug aus meinem Zimmer."

„Niniejszym informuję, że opuszczam swój pokój."

Und er unterstrich seine Aussage zusätzlich, indem er auf den Boden spuckte.

Następnie, plując na ziemię, potwierdził swoje stanowisko.

„Auch die Tage, die ich hier gelebt habe, werde ich nicht bezahlen."

„Nie zapłacę też za dni, które tu spędziłem".

Mit dieser Rückerstattung war er allerdings nicht ganz zufrieden.

Nie był jednak w pełni usatysfakcjonowany tym zwrotem.

„Und ich werde erwägen, weitere Forderungen an Sie zu stellen."

„Rozważę wysuniecie wobec ciebie innych żądań."

„Glauben Sie mir, solche Forderungen lassen sich sehr leicht rechtfertigen."

„Proszę mi uwierzyć, takie żądania będzie bardzo łatwo uzasadnić".

Er schwieg und blickte den Vater direkt an.

Zamilkł i patrzył prosto przed siebie, na ojca.

Er schien zu erwarten, dass noch etwas passieren würde.

Wydawało się, że spodziewał się czegoś więcej.

Tatsächlich hatten seine beiden Freunde sofort die gleiche Idee.

W rzeczywistości jego dwaj przyjaciele natychmiast wpadli na ten sam pomysł.

„Wir stornieren auch unsere Zimmer", sagten sie unisono.

„My również anulujemy rezerwację pokoi" – powiedzieli chórem.

Dann packte er den Türgriff und schloss die Tür.

Następnie złapał za klamkę i zamknął drzwi.

Und mit einem lauten Knall schlossen sie sich in ihrem Zimmer ein.

I z głośnym hukiem zamknęli się w swoim pokoju.

Der Vater taumelte mit tastenden Händen zu seinem Stuhl.

Ojciec chwiejnym krokiem dotarł do krzesła, próbując znaleźć drogę powrotną.

Und er ließ sich besiegt in den Stuhl fallen.

I pozwolił sobie opaść na krzesło, pokonany.

Es sah so aus, als ob er seinen üblichen Abendschlaf halten würde.

Wyglądało, jakby wybierał się na swoją zwykłą wieczorną drzemkę.

Sein Kopf nickte jedoch fast so, als ob er nicht gestützt würde.

Ale jego głowa kiwała się, jakby nie miała żadnego podparcia.

Und man konnte sehen, dass er überhaupt nicht schlief.

I było widać, że wcale nie spał.

Während all dem hatte Gregor sich nicht von der Stelle gerührt.

Przez cały ten czas Gregor nie ruszył się z miejsca.

Er befand sich noch immer an der Stelle, wo die Herren ihn zuerst gesehen hatten.

Nadal znajdował się w tym samym miejscu, w którym panowie go zobaczyli po raz pierwszy.

Selbst wenn er umziehen wollte, fand er es unmöglich.

Nawet gdyby chciał się ruszyć, okazało się to niemożliwe.

Entweder aus Enttäuschung oder aus Hunger.

Z powodu rozczarowania lub głodu.

Er war enttäuscht über das Scheitern seines Plans.

Był rozczarowany niepowodzeniem swojego planu.

Und er war geschwächt von dem anhaltenden Hunger, den er verspürte.

A on był osłabiony z powodu przedłużającego się głodu.

Er war sich sicher, dass sich jeden Moment alle gegen ihn wenden würden.

Był pewien, że w każdej chwili wszyscy się od niego odwrócą.

In Erwartung des unmittelbar bevorstehenden Zusammenbruchs wartete er.

Oczekiwał rychłego upadku.

Die Geige begann vom Schoß der Mutter zu rutschen.

Skrzypce zaczęły zsuwać się z kolan matki.

Mit einem ohrenbetäubenden Geräusch fiel die Geige zu Boden.

Skrzypce z donośnym dźwiękiem upadły na ziemię.

Doch selbst dieses plötzliche Krachen ließ ihn nicht erschrecken.

Ale nawet ten nagły odgłos trzasku go nie wystraszył.

„Liebe Eltern", sagte die Schwester, „so kann es nicht weitergehen."

„Kochani rodzice" – powiedziała siostra – „tak dalej być nie może".

Und um ihrer Aussage Nachdruck zu verleihen, schlug sie mit der Hand auf den Tisch.

I uderzyła dłonią w stół, żeby udowodnić swoją rację.

"Ich werde den Namen meines Bruders vor diesem Monster
nicht aussprechen."
"Nie wypowiem imienia mojego brata w obecności tego
potwora."
„Deshalb sage ich es so deutlich wie möglich:"
Dlatego mówię to tak otwarcie, jak to tylko możliwe:
„Uns bleibt keine andere Wahl, als dieses Tier
loszuwerden."
„Nie mamy innego wyjścia, jak pozbyć się tego zwierzęcia".
„Wir haben unser Bestes getan, um dieses Tier zu tolerieren
und zu pflegen."
„Zrobiliśmy co w naszej mocy, aby tolerować to zwierzę i
zapewnić mu odpowiednią opiekę".
„Ich glaube nicht, dass uns irgendjemand auch nur im
Geringsten die Schuld geben kann."
„Nie sądzę, żeby ktokolwiek mógł nas w najmniejszym
stopniu winić".
„Sie hat tausendfach Recht", stimmte der Vater zu.
„Ona ma tysiąc razy rację" – zgodził się ojciec.
Die Mutter hatte noch immer nicht wieder richtig Luft
bekommen.
Matka wciąż nie odzyskała pełnego oddechu.
Sie begann dumpf in ihre Hand zu husten und atmete
schwer.
Zaczęła głucho kaszleć w dłoń, oddychając ciężko.
Und in ihren Augen begann sich ein wahnsinniger
Ausdruck abzuzeichnen.
A w jej oczach zaczął pojawiać się szalony wyraz.
Die Schwester eilte zu ihrer Mutter und hielt sich die Stirn.
Siostra podbiegła do matki i trzymała ją za czoło.
Der Vater schien von den Worten der Schwester inspiriert
zu sein.
Ojciec zdawał się być zainspirowany słowami siostry.
Und seine Gedanken schienen klarer als zuvor.
A jego myśli zdawały się być jaśniejsze niż wcześniej.
Er hörte auf, mit dem Kopf zu nicken, und setzte sich wieder
aufrecht hin.

Przestał kiwać głową i znowu usiadł prosto.

Und er spielte, in tiefes Nachdenken versunken, mit der Mütze seines Dieners.

I bawił się czapką swego sługi, pogrążony w myślach.

Die Teller der Mieter standen noch auf dem Tisch.

Talerze od lokatorów nadal stały na stole.

Und manchmal blickte er zu dem schweigenden Gregor hinüber.

I czasami spoglądał w stronę milczącego Gregora.

„Wir müssen versuchen, es loszuwerden", sagte die Schwester zu ihm.

„Musimy spróbować się tego pozbyć" – powiedziała mu siostra.

Die Mutter war zu sehr mit Husten beschäftigt, um zuzuhören.

Matka była zbyt zajęta kaszlem, żeby słuchać.

„Das wird euch beide umbringen, ich sehe es schon kommen."

"To was oboje zabije, już to widzę."

„Wir können nicht alle weiterhin so hart arbeiten wie bisher."

„Nie możemy wszyscy nadal pracować tak ciężko, jak dotychczas".

„Und jeden Tag müssen wir nach Hause kommen und diese Qualen erleiden."

„I każdego dnia wracamy do domu, gdzie czekają na nas te tortury".

„Wir können das nicht mehr ertragen. Ich kann das nicht mehr ertragen."

„Nie możemy tego dłużej znieść. Ja nie mogę tego znieść".

In einem letzten Tränenausbruch sank sie ihrer Mutter in die Arme.

W ostatnim wybuchu płaczu rzuciła się na ziemię i rzuciła się do matki.

Die Tränen rannen ihr über das Gesicht und auf das ihrer Mutter.

Łzy spływały po jej twarzy i na twarz matki.

Und mit einer mechanischen Bewegung wischte sie sich die Tränen weg.

I mechanicznym ruchem otarła łzy.

„Mein Kind", sagte der Vater mitfühlend.

„Moje dziecko" – powiedział ojciec współczującym głosem.

In seiner Stimme lag tiefes Mitgefühl und Verständnis.

W jego głosie słychać było głębokie współczucie i zrozumienie.

„Aber was sollen wir tun?", gestand er und gab zu, es nicht zu wissen.

„Ale co powinniśmy zrobić?" – przyznał, że nie wie.

Die Schwester zuckte nur hilflos mit den Schultern.

Siostra tylko wzruszyła bezradnie ramionami.

Und ihr anfängliches Selbstvertrauen wich erneut Tränen.

A jej wcześniejsza pewność siebie znów ustąpiła miejsca łzom.

„Wenn er uns doch nur verstehen würde", sagte der Vater laut.

„Gdyby tylko nas rozumiał" – powiedział ojciec na głos.

Und er fragte sich halb, ob Gregor es vielleicht verstanden hatte.

I w pewnym momencie zaczął wątpić, czy Gregor w ogóle zrozumiał.

Die Schwester schüttelte unter Tränen heftig die Hand.

Siostra po prostu gwałtownie potrząsnęła dłonią i zaczęła płakać.

Und so signalisierte sie, dass man diese Idee gar nicht erst in Erwägung ziehen sollte.

I w ten sposób dała znać, że nie należy rozważać tego pomysłu.

„Aber wenn er uns doch nur verstehen würde", wiederholte der Vater.

„Ale gdyby on nas rozumiał" – powtórzył ojciec.

Er schloss die Augen und dachte über die Antwort seiner Schwester nach.

Zamknął oczy i zastanowił się nad odpowiedzią siostry.

"Wenn er verstünde, dass eine Vereinbarung mit ihm getroffen werden könnte."

„Gdyby zrozumiał, można by z nim zawrzeć porozumienie".

„Aber unter den gegebenen Umständen…"

„Ale biorąc pod uwagę, jak sprawy się mają…"

„Es muss weg!", rief die Schwester, „es ist der einzige Weg."

„Musimy odejść!" – krzyknęła siostra – „to jedyny sposób".

„Du musst den Gedanken loswerden, dass es Gregor ist."

„Musisz pozbyć się myśli, że to Gregor."

„Dass wir das so lange geglaubt haben, ist unser eigentliches Unglück."

„To, że tak długo w to wierzyliśmy, jest naszym prawdziwym nieszczęściem".

„Aber wie kann es Gregor sein?", fragte sie ihren Vater.

„Ale jak to możliwe, Gregor?" zapytała ojca.

„Er wusste, dass ein solches Tier nicht mit Menschen zusammenleben kann."

„Wiedział, że takie zwierzę nie może współistnieć z ludźmi".

„Gregor hätte uns schon längst freiwillig verlassen."

„Gregor opuściłby nas już dawno temu, z własnej woli".

„Das stimmt, dann hätten wir keinen Bruder mehr."

„To prawda, wtedy nie mielibyśmy brata."

„Aber wir könnten weiterleben und sein Andenken ehren."

„Ale moglibyśmy nadal żyć i czcić jego pamięć".

„Aber dieses Ungeheuer verfolgt uns und vertreibt unsere Pächter."

„Ale ta bestia nas ściga i wypędza naszych dzierżawców".

„Es will ganz offensichtlich die ganze Wohnung in Besitz nehmen."

„Oczywiste jest, że chce przejąć całe mieszkanie".

„Dieses Biest will, dass wir auf der Straße schlafen."

„Ta bestia chce, żebyśmy spali na ulicy".

"Schau, Vater", rief sie plötzlich, "er bewegt sich schon wieder!"

„Patrz, tato!" – krzyknęła nagle – „on znowu się rusza!"

Und sie tat etwas, das selbst Gregor nicht verstehen konnte.

I zrobiła coś, czego nawet Gregor nie mógł zrozumieć.

Sie stieß sich von sich selbst ab, als wolle sie die Mutter opfern.

Odepchnęła się, jakby składała matkę w ofierze.

Und sie rannte hinter ihrem Vater her, um sich in Sicherheit zu bringen.

I pobiegła za ojcem, szukając w ten sposób jakiegoś bezpieczeństwa.

Der Vater war nur deshalb so aufgebracht, weil seine Tochter es war.

Ojciec był zdenerwowany tylko dlatego, że jego córka też była zdenerwowana.

Doch dann stand auch er auf und hob die Arme über sie.

Ale potem on także wstał i podniósł ręce nad nią.

Gregor hatte jedoch keinerlei Absicht gehabt, irgendjemanden zu erschrecken.

Ale Gregor nie miał zamiaru nikogo straszyć.

Er hatte insbesondere nicht die Absicht, seine Schwester zu erschrecken.

Zwłaszcza nie miał zamiaru straszyć swojej siostry.

Er wollte sich gerade umdrehen und zurück in sein Zimmer gehen.

Próbował po prostu wrócić do swojego pokoju.

Doch in seinem sich verschlechternden Zustand war selbst das schwierig.

Jednak w obliczu pogarszającego się stanu zdrowia nawet to było trudne.

Und er konnte seine Beine nicht mehr vollumfänglich nutzen.

I nie mógł już w pełni używać wszystkich nóg.

Also benutzte er seinen Kopf, um seinen Körper anzuheben und sich umzudrehen.

Użył więc głowy, aby unieść ciało i obrócić się.

Er hielt inne und suchte in der Familie nach deren Zustimmung.

Zatrzymał się na chwilę i rozejrzał się, sprawdzając, czy rodzina wyraża aprobatę.

Seine guten Absichten schienen erkannt worden zu sein.

Wygląda na to, że jego dobre intencje zostały zauważone.

Seine Bewegung hatte sie nur kurzzeitig erschreckt.

Jego ruch był dla nich tylko chwilowym szokiem.

Nun blickten sie ihn alle in unglücklichem Schweigen an.

Teraz wszyscy patrzyli na niego w smutnym milczeniu.

Die Mutter lag noch immer erschöpft im Sessel.

Matka wciąż leżała wyczerpana w fotelu.

Vater und Schwester saßen nebeneinander.

Ojciec i siostra siedzieli obok siebie.

»Vielleicht lassen sie mich jetzt umdrehen«, dachte Gregor.

„Może teraz pozwolą mi zawrócić" – pomyślał Gregor.

Und er setzte seine unbeholfene Drehbewegung fort.

I kontynuował swój niezręczny ruch obrotowy.

Er konnte die gelegentlichen Atemzüge der Anstrengung nicht unterdrücken.

Nie mógł powstrzymać okazjonalnych westchnień wysiłku.

Und er war gezwungen, zwischendurch ein paar Mal Pausen einzulegen.

Zmuszony był więc do kilkukrotnego odpoczynku.

Niemand drängte ihn jetzt zur Eile; es lag ganz bei ihm.

Nikt już nie kazał mu się spieszyć; decyzja należała do niego.

Schließlich vollendete er die langsame und schmerzhafte Drehung.

W końcu ukończył powolny i bolesny obrót.

Er machte sich sofort auf den Weg zurück in sein Zimmer.

Natychmiast zaczął iść z powrotem do swojego pokoju.

Er war erstaunt darüber, wie weit er von seinem Zimmer entfernt war.

Zdumiał się, jak daleko znajdował się od swojego pokoju.

Wie war er trotz seiner Schwäche zuvor dorthin gelangt?

Jak, mimo swojej słabości, udało mu się tam dotrzeć wcześniej?

Er war fast denselben Weg gegangen, ohne es zu bemerken.

Przebył niemal tę samą trasę, nie zdając sobie z tego sprawy.

Er konzentrierte sich jetzt nur noch darauf, so schnell wie möglich zu krabbeln.

Teraz skupił się tylko na tym, żeby jechać tak szybko, jak tylko potrafił.

Das Ausbleiben von Kommentaren störte ihn nicht.

Brak komentarzy ze strony kogokolwiek nie zmartwił go.

Erst als er schon in der Tür war, drehte er den Kopf.

Dopiero gdy był już w drzwiach, odwrócił głowę.

Aber er konnte sich nicht vollständig umdrehen und zurückblicken.

Ale nie był w stanie się odwrócić i spojrzeć za siebie.

Denn er spürte, wie sich sein Nacken beim Umdrehen noch mehr versteifte.

Ponieważ czuł, że gdy się odwrócił, jego kark zrobił się jeszcze sztywniejszy.

Doch er sah, dass sich hinter ihm ohnehin nichts verändert hatte.

Ale widział, że za nim nic się nie zmieniło.

Der einzige Unterschied war, dass seine Schwester aufgestanden war.

Jedyną różnicą było to, że jego siostra wstała.

Sein letzter Blick verriet ihm, dass seine Mutter eingeschlafen war.

Ostatnie spojrzenie mężczyzny pokazało mu, że jego matka zasnęła.

Sobald er in seinem Zimmer war, wurde die Tür geschlossen.

Gdy tylko wszedł do swojego pokoju, drzwi się zamknęły.

Und sobald die Tür geschlossen war, wurde der Schrank verriegelt.

A gdy tylko drzwi się zamknęły, zamek został zablokowany.

Gregor erschrak über das unerwartete Geräusch hinter ihm.

Gregor przestraszył się nieoczekiwanego hałasu za sobą.

Und vor lauter Überraschung knickten seine Beine unter ihm ein.

A nogi ugięły się pod nim ze zdziwienia.

Es war seine Schwester, die hinter ihm zur Tür geeilt war.

To była jego siostra, która pobiegła za nim do drzwi.

Sie stand bereits aufrecht da und wartete auf ihn.

Stała już tam wyprostowana i czekała na niego.

Dann machte sie einen leichten Sprung nach vorn, ohne dass Gregor es hörte.

Następnie lekko skoczyła do przodu, tak że Gregor jej nie usłyszał.

"Endlich!", rief sie laut, als sie den Schlüssel umdrehte.

„Nareszcie!" krzyknęła głośno, przekręcając klucz.

„Was nun?", fragte sich Gregor, allein in der Dunkelheit.

„Co teraz?" – zapytał siebie Gregor, sam w ciemności.

Er merkte bald, dass er sich überhaupt nicht mehr bewegen konnte.

Wkrótce zdał sobie sprawę, że nie może się już w ogóle ruszyć.

Doch seine Unbeweglichkeit überraschte ihn nicht wirklich.

Ale jego bezruch wcale go nie zaskoczył.

Sich auf so dünnen Beinen fortbewegen zu können, erschien lächerlich.

Wydawało się śmieszne, że mogę się poruszać na tak cienkich nogach.

Er wusste nicht, wie ihm das jemals gelungen war.

Nie miał pojęcia, jak w ogóle udało mu się to zrobić.

Abgesehen davon fühlte er sich aber relativ wohl.

Ale poza tym czuł się stosunkowo komfortowo.

Es stimmt, dass er am ganzen Körper tiefe Schmerzen verspürte.

To prawda, że czuł głęboki ból w całym ciele.

Doch der Schmerz schien immer schwächer zu werden.

Jednak ból zdawał się być coraz słabszy.

Und er hatte das Gefühl, der Schmerz würde irgendwann verschwinden.

I czuł, że ból w końcu zniknie.

Er spürte den faulen Apfel in seinem Rücken kaum noch.

Już prawie nie czuł zgniłego jabłka w plecach.

Er dachte mit Rührung und Liebe an seine Familie zurück.

Z wzruszeniem i miłością wspominał swoją rodzinę.

Er spürte die Gefühle seiner Schwester noch stärker als sie selbst.

Odczuwał emocje swojej siostry jeszcze silniej niż ona sama.

Sie hatte Recht mit dem, was sie gesagt hatte; er musste gehen.

Miała rację co do tego, co powiedziała: musiał odejść.
Er verbrachte einige Zeit in diesem leeren und friedlichen Zustand.
Spędził jakiś czas w tym pustym i spokojnym stanie.
Die Uhr schlug dreimal, leise, aber bestimmt.
Zegar uderzył trzy razy, cicho, ale stanowczo.
Gregor wurde sanft aus seinen Betrachtungen gerissen.
Gregor został łagodnie wyrwany z zamyślenia.
Er beobachtete, wie das Morgenlicht langsam in sein Zimmer drang.
Obserwował, jak poranne światło powoli wlewa się do jego pokoju.
Dann sank sein Kopf völlig nach unten, ohne dass er es wollte.
Potem jego głowa opadła całkowicie, wbrew jego woli.
Und sein letzter Atemzug entwich schwach aus seinen Nasenlöchern.
A jego ostatni oddech ledwo wydobył się z nozdrzy.

Das Dienstmädchen kam früh am Morgen in sein Zimmer.
Służąca przyszła do jego pokoju wczesnym rankiem.
Bei ihrem üblichen kurzen Besuch fand sie nichts Ungewöhnliches vor.
Podczas swojej krótkiej wizyty nie znalazła niczego niezwykłego.
Aus Kraft und in Eile knallte sie alle Türen zu.
Z powodu pośpiechu i sił zatrzasnęła wszystkie drzwi.
An ruhigen Schlaf war in der gesamten Wohnung nicht zu denken.
Spokojny sen nie był możliwy w całym mieszkaniu.
Sie war gebeten worden, dies morgens zu vermeiden.
Poproszono ją, aby nie robiła tego rano.
Sie glaubte, er läge absichtlich so regungslos da.
Myślała, że leży tam tak nieruchomo celowo.
Vielleicht wollte er ihr zeigen, dass er beleidigt war.
Być może chciał jej pokazać, że się obraził.

Sie vertraute darauf, dass er über alle Arten von Intelligenz verfügte.
Ufała mu, że posiada wszelkie możliwe zdolności intelektualne.
Sie hielt zufällig den langen Besen in der Hand.
Tak się złożyło, że trzymała w ręku długą miotłę.
Also versuchte sie von der Tür aus, Gregor ein wenig zu kitzeln.
Więc stojąc już za drzwiami, próbowała trochę połaskotać Gregora.
Sie war etwas verärgert darüber, dass er überhaupt nicht reagierte.
Trochę ją denerwowało to, że on w ogóle nie odpowiadał.
Deshalb stieß sie ihn diesmal etwas energischer an.
Więc tym razem popchnęła go trochę mocniej.
Als er keinen Widerstand leistete, sah sie genauer hin.
Gdy nie stawiał oporu, przyjrzała mu się uważniej.
Bald begriff sie, was Gregor wirklich zugestoßen war.
Wkrótce zdała sobie sprawę, co naprawdę stało się z Gregorem.
Sie öffnete die Augen noch weiter und pfiff vor sich hin.
Otworzyła szerzej oczy i zagwizdała do siebie.
Doch sie zögerte nicht lange, bevor sie die Tür öffnete.
Jednak nie traciła czasu i natychmiast otworzyła drzwi.
Und sie rief mit lauter Stimme in die Dunkelheit:
I zawołała donośnym głosem w ciemność:
"Komm und sieh es dir an, da liegt es, völlig tot."
„Chodź i zobacz, leży tam zupełnie martwy".
Die beiden Eltern saßen aufrecht in ihrem Ehebett.
Oboje rodzice siedzieli wyprostowani w swoim małżeńskim łóżku.
Zuerst mussten sie den Lärmschock überwinden.
Najpierw musieli oswoić się z szokiem wywołanym hałasem.
Doch dann begannen sie langsam, ihre Botschaft zu verstehen.
Ale potem powoli zaczęli rozumieć jej przesłanie.

**Herr und Frau Samsa sprangen jeweils von ihrer Seite des
Bettes.**

Państwo Samsa wyskoczyli z łóżka, każde po swojej stronie.

Herr Samsa warf sich die dicke Decke über die Schultern.

Pan Samsa narzucił gruby koc na ramiona.

Und Frau Samsa kam nur im Nachthemd heraus.

A pani Samsa wyszła ubrana tylko w koszulę nocną.

Und so gelangten sie in Gregors Zimmer.

I tak weszli do pokoju Gregora.

**Inzwischen hatte sich auch die Tür zum Wohnzimmer
geöffnet.**

Tymczasem drzwi do salonu również się otworzyły.

**Grete hatte dort geschlafen, seit die Mieter eingezogen
waren.**

Grete spała tam odkąd wprowadzili się lokatorzy.

**Sie war vollständig angezogen, als hätte sie überhaupt nicht
geschlafen.**

Była ubrana tak, jakby w ogóle nie spała.

**Ihr blasses Gesicht schien ebenfalls ihren Schlafmangel zu
beweisen.**

Jej blada twarz zdawała się być również dowodem na to, że
brakowało jej snu.

„Er ist tot?", fragte Frau Samsa und blickte die Magd an.

„On nie żyje?" zapytała pani Samsa, patrząc na pokojówkę.

**Das hätte sie selbst überprüfen können, indem sie ihn
angesehen hätte.**

Mogła się o tym przekonać, patrząc na niego osobiście.

**„Ich glaube schon", sagte das Dienstmädchen und hob den
Besen auf.**

„Myślę, że tak" – odpowiedziała służąca, biorąc miotłę.

**Und sie schob seinen Körper ein langes Stück über den
Boden.**

I odepchnęła jego ciało daleko po podłodze.

**Frau Samsa machte eine Bewegung, als wolle sie sie
aufhalten.**

Pani Samsa wykonała ruch, jakby chciała ją zatrzymać.

Doch am Ende ließ sie das Dienstmädchen Gregor herumschieben.

Ale w końcu pozwoliła pokojówce przesuwać Gregora.

„Nun", sagte Herr Samsa, „endlich können wir Gott danken."

„No cóż" – powiedział pan Samsa – „w końcu możemy podziękować Bogu".

Er bekreuzigte sich; Kopf, Brust, Schultern.

Uczynił znak krzyża na głowie, klatce piersiowej, ramionach.

Und die drei Frauen folgten seinem religiösen Beispiel.

A trzy kobiety poszły za jego religijnym przykładem.

Grete, die den Blick nicht von der Leiche abwandte, sagte:

Greta, nie spuszczając wzroku z trupa, rzekła:

„Seht nur, wie dünn er war! Er hat so lange nichts gegessen."

„Spójrz, jaki był chudy, tak długo nie jadł".

„Das Futter, das ich ihm jeden Morgen hinstellte, war immer unberührt."

„Jedzenie, które zostawiałam mu każdego ranka, zawsze pozostawało nietknięte".

Tatsächlich war Gregors Körper völlig flach und trocken.

W rzeczywistości ciało Gregora było zupełnie płaskie i suche.

Dies war nun, da er am Boden lag, deutlicher zu erkennen.

Teraz, gdy leżał na ziemi, było to jeszcze bardziej widoczne.

Weil sein Körper nicht mehr von seinen Beinen hochgehalten wurde.

Ponieważ jego ciało nie było już podnoszone za nogi.

Und weil es nichts anderes gab, was die Aussicht beeinträchtigte.

A ponieważ nic innego nie odwracało uwagi od widoku.

„Komm doch für eine Weile mit uns herein, Grete", sagte Frau Samsa.

„Wejdź z nami na chwilę, Grete" – powiedziała pani Samsa.

Während sie sprach, lag ein gequältes Lächeln auf ihren Lippen.

Gdy to mówiła, na jej ustach gościł bolesny uśmiech.

Grete folgte ihnen, blickte aber auch immer wieder zurück auf die Leiche.

Grete poszła za nimi, ale również obejrzała się na zwłoki.

Das Dienstmädchen schloss die Tür und öffnete das Fenster ganz.

Służąca zamknęła drzwi i otworzyła okno na oścież.

Es war noch früh, daher wäre die Luft normalerweise kalt.

Było jeszcze wcześnie, więc powietrze zazwyczaj było zimne.

Doch in der kalten Luft lag auch ein Hauch von Wärme.

Ale w zimnym powietrzu czuć było też odrobinę ciepła.

Wie eine sanfte Erinnerung daran, dass es nun Ende März war.

Jak delikatne przypomnienie, że oto nadszedł koniec marca.

Die drei Mieter verließen nun ebenfalls ihr Zimmer.

Trzej lokatorzy również wyszli ze swoich pokoi.

Sie schauten sich staunend nach ihrem Frühstück um.

Ze zdziwieniem rozejrzeli się dookoła w poszukiwaniu śniadania.

Das Frühstück wurde vergessen, wegen dem, was das Dienstmädchen gefunden hatte.

Śniadanie zostało zapomniane z powodu tego, co znalazła pokojówka.

„Wo gibt es Frühstück?", grummelte der mittlere Herr.

„Gdzie jest śniadanie?" – mruknął środkowy dżentelmen.

Das Dienstmädchen legte den Finger an den Mund, um Ruhe zu gebieten.

Służąca przyłożyła palec do ust na znak, że panuje cisza.

Und sie winkte den Herren hastig und stumm zu.

I szybko i bezgłośnie pomachała do panów.

Das Dienstmädchen geleitete die drei Herren in den Raum.

Służąca zaprowadziła trzech panów do pokoju.

Und sie erklärte ihnen weiterhin, was geschehen war.

I kontynuowała wyjaśnianie im, co się wydarzyło.

Und die drei Herren standen um Gregors Leichnam herum.

A trzej panowie stali wokół ciała Gregora.

Mit den Händen in den Taschen blickten sie nach unten.

Z rękami w kieszeniach spojrzeli w dół.

Das Morgenlicht hatte den Raum nun vollständig durchflutet.

Poranne światło całkowicie zalało pomieszczenie.

Dann öffnete sich die Schlafzimmertür und Herr Samsa erschien.

Wtedy drzwi sypialni się otworzyły i pojawił się pan Samsa.

Auf der einen Seite saß seine Frau, auf der anderen seine Tochter.

Po jednej stronie była jego żona, a po drugiej córka.

Herr Samsa trug inzwischen bereits seine Uniform.

Pan Samsa miał już na sobie mundur.

Man konnte sehen, dass sie alle ein bisschen geweint hatten.

Można było zauważyć, że wszyscy trochę płakali.

Grete drückte ihr Gesicht an den Arm ihres Vaters.

Grete przycisnęła twarz do ramienia ojca.

„Verlassen Sie sofort meine Wohnung!", befahl Herr Samsa.

„Natychmiast opuść moje mieszkanie!" rozkazał pan Samsa.

Und er deutete auf die Tür, ohne die Frauen gehen zu lassen.

I wskazał na drzwi, nie pozwalając kobietom odejść.

„Was meinen Sie damit?", fragte der Mittelsmann verunsichert.

„Co masz na myśli?" zapytał zmieszany mężczyzna.

Und er gab sich alle Mühe, Herrn Samsa freundlich anzulächeln.

I starał się jak mógł, słodko się uśmiechnąć do pana Samsy.

Die anderen beiden hielten ihre Hände hinter dem Rücken.

Pozostała dwójka trzymała ręce za plecami.

Und sie rieben sich erwartungsvoll die Hände.

I pocierali ręce w oczekiwaniu.

Offenbar erwarteten sie einen lauten Streit.

Wyglądało na to, że spodziewali się głośnej kłótni.

Aber sie schienen sich auf die bevorstehende Auseinandersetzung zu freuen.

Ale wydawali się zadowoleni z nadchodzącej kłótni.

Sie dachten, der Streit würde zu ihren Gunsten ausgehen.

Sądzili, że spór rozstrzygnie się na ich korzyść.

„Ich meine genau das, was ich eben gesagt habe", antwortete Herr Samsa.

„Dokładnie to samo powiedziałem" – odpowiedział pan Samsa.

Er ging mit seinen beiden Begleitern in einer geraden Linie.

Szedł prosto wraz ze swoimi dwoma towarzyszami.

Und Herr Samsa ging direkt auf ihren Anführer zu.

I pan Samsa zwrócił się bezpośrednio do swojego przełożonego.

Der Herr blieb zunächst stehen und blickte zu Boden.

Dżentelmen najpierw stanął nieruchomo i spojrzał w ziemię.

Die Gedanken in seinem Kopf waren noch im Wandel.

Zawartość jego głowy wciąż się układała.

"Gut, dann gehen wir", sagte er und blickte zu Herrn Samsa auf.

„Dobrze, pójdziemy" – powiedział i spojrzał na pana Samsę.

Eine neue Demut schien ihn plötzlich ergriffen zu haben.

Nagle ogarnęła go nowa pokora.

Und er schien um Erlaubnis für diese Entscheidung zu bitten.

Wyglądało na to, że prosił o pozwolenie na podjęcie tej decyzji.

Herr Samsa öffnete die Augen weit und nickte leicht.

Pan Samsa szeroko otworzył oczy i lekko skinął głową.

Die Herren folgten seinem Befehl unverzüglich.

Panowie natychmiast wykonali jego polecenie.

Und sie machten tatsächlich große Schritte in den Flur hinein.

I rzeczywiście zrobili długie kroki na korytarzu.

Seine Freunde hatten bereits aufgehört, sich die Hände zu reiben.

Jego przyjaciele już przestali pocierać ręce.

Sie hatten mitgehört, wie das Gespräch verlaufen war.

Słuchali przebiegu rozmowy.

Und nun rannten sie ihm nach, als ob sie Angst hätten.

I teraz biegli za nim, jakby ze strachu.

Es ist möglich, dass Herr Samsa sie immer noch von ihrem Anführer isoliert.

Pan Samsa może nadal izolować ich od ich przywódcy.

Sie zogen ihre Stöcke aus dem Stöckebehälter.

Wyciągnęli patyki z pojemnika.

Und sie verbeugten sich schweigend, bevor sie die Wohnung verließen.

I skłonili się w milczeniu, zanim opuścili mieszkanie.

Herr Samsa und die beiden Frauen traten aus dem Vorplatz.

Pan Samsa i dwie kobiety wyszli na dziedziniec.

Aber eigentlich hatten sie keinen Grund, den Männern zu misstrauen.

Ale tak naprawdę nie mieli powodu, by nie ufać tym mężczyznom.

Sie lehnten sich ans Geländer, um zu überprüfen, ob sie weg waren.

Oparli się o barierkę, żeby sprawdzić, czy poszli.

Die drei Herren kamen tatsächlich die Treppe herunter.

Trzej panowie rzeczywiście schodzili po schodach.

In einer bestimmten Kurve der Treppe verschwanden sie.

Zniknęli w pewnym zakręcie schodów.

Und dann brachte die Treppe sie wieder in Sichtweite.

A potem schody znów pozwoliły im się zobaczyć.

Dieses Erscheinen und Verschwinden wiederholte sich auf jeder Etage.

To pojawianie się i znikanie powtarza się na każdym piętrze.

Doch schließlich waren sie fast am Ziel.

Ale w końcu dotarli prawie do sedna.

Je weiter sie gingen, desto uninteressanter wurden sie.

Im dalej szli, tym byli mniej interesujący.

Alle kehrten erleichtert ins Haus zurück.

Wszyscy wrócili do domu, jakby odetchnęli z ulgą.

Sie beschlossen, den Tag zum Ausruhen und für einen Spaziergang zu nutzen.

Postanowili wykorzystać dzień na odpoczynek i wyjście na spacer.

Sie waren der Meinung, dass sie sich diese Auszeit von ihrer Arbeit verdient hatten.

Uznali, że zasłużyli na tę przerwę od pracy.

Sie hatten diese Auszeit nicht nur verdient, sie brauchten sie auch.

Nie tylko zasłużyli na tę przerwę, ale wręcz jej potrzebowali.

Sie setzten sich an den Tisch, um Entschuldigungsbriefe zu schreiben.

Usiedli przy stole, aby napisać listy z przeprosinami.

Herr Samsa verfasste seinen Entschuldigungsbrief an die Geschäftsleitung.

Pan Samsa napisał list z przeprosinami do swojego kierownictwa.

Frau Samsa schrieb ihren Entschuldigungsbrief an ihre Kunden.

Pani Samsa napisała list z przeprosinami do swoich klientów.

Und Grete schrieb ihren Entschuldigungsbrief an ihren Schulleiter.

Grete napisała list z przeprosinami do dyrektora.

Während alle schrieben, kam das Dienstmädchen ins Zimmer.

Kiedy wszyscy pisali, do pokoju weszła pokojówka.

Ihre Arbeit am Vormittag war erledigt, also ging sie nach Hause.

Skończyła poranną pracę, więc wracała do domu.

Die drei Schriftsteller nickten zunächst, ohne aufzusehen.

Trzej pisarze najpierw skinęli głowami, nie podnosząc wzroku.

Das Dienstmädchen schien aber noch nicht gehen zu wollen.

Ale pokojówka nie wydawała się jeszcze chcieć odejść.

Sie wartete einen Moment, bis die drei Schriftsteller aufblickten.

Poczekała chwilę, aż trzej pisarze podnieśli wzrok.

„Na?", fragte Herr Samsa verärgert, genau wie die anderen.

„No i co?" zapytał pan Samsa, zły, tak jak pozostali.

Das Dienstmädchen stand mit einem Lächeln im Gesicht in der Tür.

Służąca stała w drzwiach z uśmiechem na twarzy.

Sie erweckte den Eindruck, gute Neuigkeiten zu verkünden
zu haben.

Sprawiała wrażenie osoby, która ma do przekazania dobre
wieści.

Aber sie würde die Neuigkeit nicht preisgeben, solange sie
nicht dazu aufgefordert würde.

Ale nie zamierzała dzielić się tą nowiną, jeśli jej o to nie
poproszono.

Die aufrecht stehende Straußenfeder an ihrem Hut
schwankte leicht.

Pionowo ustawione pióro strusie na jej kapeluszu lekko się
kołysało.

Diese Straußenfeder hatte Herrn Samsa schon immer
geärgert.

To pióro strusia zawsze denerwowało pana Samsę.

„Also, was wollen Sie dann?", fragte Frau Samsa bestimmt.

„Czego więc chcesz?" zapytała stanowczo pani Samsa.

Das Dienstmädchen hatte nach wie vor großen Respekt vor
Frau Samsa.

Służąca nadal darzyła panią Samsę wielkim szacunkiem.

„Ja", antwortete sie und lachte freundlich auf.

„Tak" – odpowiedziała i wybuchnęła przyjacielskim
śmiechem.

Einen Moment lang unterbrach sie ihr Lachen und sie
verstummte.

Na chwilę śmiech powstrzymał ją od mówienia.

„Um das Ding nebenan brauchst du dir keine Sorgen zu
machen."

„Nie musisz się martwić o tę rzecz, która mieszka obok."

„Ich habe bereits dafür gesorgt, wie wir es loswerden."

„Już ustaliłem, jak się tego pozbędziemy".

Frau Samsa und Grete schrieben ihre Briefe weiter.

Pani Samsa i Grete kontynuowały pisanie listów.

Herr Samsa bemerkte jedoch, dass das Dienstmädchen noch
nicht fertig war.

Ale pan Samsa zauważył, że pokojówka jeszcze nie skończyła.

Nun wollte sie alles genauer beschreiben.

Teraz chciała opisać wszystko bardziej szczegółowo.

**Doch er streckte die Hand aus, um ihre
Annäherungsversuche zurückzuweisen.**

On jednak wyciągnął rękę, by odrzucić jej starania.

Sie erkannte, dass sie an ihren Plänen kein Interesse hatten.

Zdała sobie sprawę, że ich nie interesują jej plany.

**Und dann erinnerte sie sich an die große Eile, in der sie
gewesen war.**

A potem przypomniała sobie, jak bardzo się śpieszyła.

**„Dann tschüss", sagte sie, sichtlich beleidigt über das
mangelnde Interesse.**

„Ciao" – powiedziała, urażona brakiem zainteresowania.

**Bevor sie ging, knallte sie die Tür jedoch mit einem lauten
Knall zu.**

Ale zanim wyszła, trzasnęła drzwiami z ogromną siłą.

„Sie wird heute Abend entlassen", sagte Herr Samsa.

„Wieczorem ją zwolnią" – powiedział pan Samsa.

**Seine Frau und seine Tochter hatten jedoch keine Zeit, ihm
zu antworten.**

Ale jego żona i córka były zbyt zajęte, żeby mu odpowiedzieć.

**Weil das Dienstmädchen ihren gerade erst gewonnenen
Frieden gestört hatte.**

Ponieważ służąca zakłóciła ich niedawno odzyskany spokój.

**Die Mutter und die Tochter standen auf und gingen zum
Fenster.**

Matka i córka wstały i podeszły do okna.

Und so blieben sie mit den Armen umeinander liegen.

I pozostali tam, obejmując się.

**Herr Samsa drehte sich in seinem Stuhl um, um sie
anzusehen.**

Pan Samsa obrócił się na krześle, żeby na nich spojrzeć.

**Und eine Weile lang beobachtete er sie schweigend, wie sie
dort standen.**

I przez chwilę patrzył na nich spokojnie, stojąc tam.

Schließlich rief er ihnen zu: „Willst du zu mir kommen?"

W końcu zawołał do nich: „Czy przyjdziecie do mnie?"

„Vergessen wir doch einfach all den alten Kram."

„Zapomnijmy o tych wszystkich starych sprawach, dobrze?"
**"Komm her und schenk mir ein wenig deiner
Aufmerksamkeit."**
"Podejdź do mnie i poświęć mi chwilę swojej uwagi."
**Die beiden Frauen taten, wie er gesagt hatte, und eilten zu
ihm hinüber.**
Obie kobiety zrobiły, jak powiedział i pobiegły ku niemu.
Sie umarmten ihn herzlich und küssten ihn.
Przytulili go czule i pocałowali.
**Sie kehrten schnell zurück, um ihre Briefe fertig zu
schreiben.**
Szybko wrócili, aby dokończyć pisanie listów.
Dann verließen alle drei gemeinsam die Wohnung.
Następnie wszyscy troje opuścili mieszkanie.
**Sie waren seit Monaten nicht mehr zusammen aus dem
Haus gegangen.**
Od miesięcy nie wychodzili razem z domu.
Und sie fuhren mit der Straßenbahn an den Stadtrand.
I pojechali tramwajem na obrzeża miasta.
**Sie hatten den gesamten Waggon der Straßenbahn für sich
allein.**
Mieli cały wagon tramwaju dla siebie.
Von draußen strömte Sonnenschein durch das Fenster.
Słońce wlewało się przez okno z zewnątrz.
Die Familie lehnte sich bequem in ihren Sitzen zurück.
Rodzina wygodnie rozsiadła się na swoich miejscach.
Und sie besprachen die Aussichten für ihre Zukunft.
Rozmawiali o perspektywach na przyszłość.
**Bei näherer Betrachtung waren ihre Aussichten gar nicht so
schlecht.**
Przy bliższym przyjrzeniu się ich perspektywom okazało się,
że nie są złe.
Alle drei hatten Jobs mit dem Potenzial, mehr zu verdienen.
Wszyscy trzej mieli pracę, która dawała im możliwość
zarobienia większych pieniędzy.
Sie hatten einander nie nach ihrer Arbeit gefragt.
Nigdy nie pytali się nawzajem o swoją pracę.

Doch nun hatten sie endlich Zeit, solche Dinge zu besprechen.
Ale teraz w końcu mieli czas, żeby omówić takie rzeczy.
Sie hatten auch die Möglichkeit, in eine kleinere Wohnung umzuziehen.
Mieli również możliwość przeprowadzki do mniejszego mieszkania.
Dies hätte den größten Einfluss auf ihr Leben.
Miałoby to ogromny wpływ na ich życie.
Ihre jetzige Wohnung hatte Gregor ausgesucht.
Ich obecne mieszkanie wybrał Gregor.
Aber jetzt könnten sie in eine günstigere Gegend ziehen.
Ale teraz mogliby przenieść się gdzieś, gdzie byłoby taniej.
Eine kleinere Wohnung, aber eine praktischere.
Mniejsze mieszkanie, ale bardziej praktyczne.
Das Gespräch über die Zukunft machte Grete wieder lebendiger.
Rozmowy o przyszłości sprawiły, że Grete znów stała się bardziej ożywiona.
Herr und Frau Samsa bemerkten auch andere Veränderungen an ihr.
Państwo Samsa zauważyli u niej również inne zmiany.
Ihre Wangen waren vor lauter Sorgen ganz blass geworden.
Jej policzki zbladły od zmartwień.
Doch ihre Tochter entwickelte sich inzwischen zu einer feinen jungen Dame.
Ale teraz ich córka wyrastała na piękną kobietę.
Sie war mittlerweile wirklich eine wohlproportionierte und hübsche junge Frau.
Teraz naprawdę była dobrze zbudowaną i ładną młodą kobietą.
Ihre Eltern wurden still und bewunderten ihre Tochter.
Jej rodzice ucichli i zaczęli podziwiać swoją córkę.
Sie wechselten Blicke und kommunizierten unbewusst.
Spojrzeli na siebie, nieświadomie się komunikując.
„Es wird bald an der Zeit sein, einen guten Mann für sie zu finden."

„Wkrótce nadejdzie czas, żeby znaleźć dla niej dobrego
mężczyznę".
Die Straßenbahn hatte ihr Ziel erreicht und bremste ab.
Tramwaj dotarł do celu i zwolnił.
Ihre Tochter schien ihre neuen Träume zu bestätigen.
Ich córka zdawała się potwierdzać ich nowe marzenia.
**Sie war die Erste, die aufstand und ihren jungen Körper
streckte.**
Jako pierwsza wstała i rozciągnęła swoje młode ciało.